De Cock en het sombere naakt

A. C. Baantjer

De Cock
en het sombere naakt

Fontein Paperback

Eerste druk 1967
Eenentwintigste druk 2002

ISBN 90 261 0156 2

Omslagontwerp: Studio Combo
Omslagfoto: Peter Coene

1

Het regende, het regende al dagen, eindeloos lange julidagen. Dikke regendruppels plensden uit een effen grauw wolkendek, gestaag, zonder ophouden.
De Cock voelde zich triest en melancholiek. Zijn humeur had de gevoelige structuur van een barometer. Een lange depressie miste haar uitwerking niet. Zij tastte hem aan, als schimmel.
Met zijn grote, platte neus tegen het glas gedrukt keek hij uit het raam van de recherchekamer van het welhaast roemruchte politiebureau aan de oude Amsterdamse Warmoesstraat. De regen hing als een mistige sluier over de glimmende daken.
De Cock klemde zijn lippen op elkaar. Bij zijn mondhoeken plooiden zich grillige accolades. Hoe dikwijls had hij hier uit het raam staan staren, verzonken in gedachten, verdiept in de problemen die de misdaad hem had gesteld. Hij was er grijs bij geworden en door de jaren heen was zijn bovenlijf wat dieper op de heupen gezakt. Hij overdacht dit, niet met bitterheid, maar met de milde berusting waarmee hij gewoon was de dingen des levens te bezien. De jonge rechercheur Vledder kwam naast hem staan.
'Het is maar goed,' zei hij vergenoegd, 'dat wij op het moment geen belangrijke zaken in behandeling hebben. Ik zou nu echt niet graag op pad gaan. Brrr . . . nee. Het is gewoon hondeweer.'
De Cock knikte. 'We zitten ook midden in de hondsdagen, jongen.' Zijn breed, grof gezicht, met de vriendelijke trekken van een goedaardige bokser, kreeg een ernstige uitdrukking. Wat aarzelend zei hij: 'Ik herinner me mijn oude moeder. Ze had een hekel aan deze tijd van het jaar. Zie je, het oude mens . . . ze was nogal bijgelovig. Ze waarschuwde altijd. "Wees voorzichtig, mijn jongen," zei ze dan, "de hondsdagen zijn verraderlijk." '
Hij zweeg even en krabde achter in zijn nek.
'Mijn moeder had gelijk. Ze had achteraf altijd gelijk. Ze is ook tijdens de hondsdagen gestorven.'
De Cock schoof zijn dikke onderlip vooruit en keek omhoog naar de loodgrijze hemel.
'Ik . . . ik zou niet graag nu willen sterven,' zei hij na een poosje.

Vledder keek hem van terzijde verbaasd aan. 'Wat bedoel je?'
De Cock maakte loom een vaag gebaar naar boven, naar de zware loodgrijze lucht. 'De hemel zit potdicht,' zei hij somber.
Er werd geklopt.
Ze draaiden zich allebei om en keken naar de deur van de recherchekamer. Het licht in de lange gang brandde. Op het geribde glas van de deur bewoog het silhouet van een figuur in een cape met capuchon. Het was een beminnelijk beeld. Toen er werd geklopt, riep De Cock: 'Binnen.'
De deur ging langzaam open en in de deuropening verscheen een jonge vrouw. Ze schoof haar capuchon naar achteren en schudde haar haren los. De Cock schatte haar op twee- drieëntwintig jaar. Ze was mooi, stelde hij vast, uitzonderlijk mooi. Het lange, blonde haar hing golvend op de zwarte cape. Ze haakte de cape los en trok hem met een gracieus gebaar van haar ranke schouders. Een regen van fijne druppeltjes viel op de vloer. Vledder schoot haastig toe en nam de cape van haar over. Ze schonk hem een flauwe, wat matte glimlach. Langzaam liep ze de kale recherchekamer binnen. Het was alsof het decor veranderde. Het grauwe lokaal scheen ineens een prieel vol kleur en zon.
De Cock bood haar heel hoffelijk een stoel naast zijn bureau aan.
'Gaat u zitten,' zei hij vriendelijk.
'Dank u zeer.'
Ze nam voorzichtig plaats, legde haar handtasje op de rand van het bureau en sloeg bevallig haar benen over elkaar. Haar bewegingen en gebaren waren traag, geraffineerd, gericht op een overrompelende impressie.
De Cock zag het gelaten aan. Hij had de betovering, die hem aanvankelijk enigszins had verdoofd, snel van zich afgeschud. Haar houding en gebaartjes imponeerden hem niet langer. De zwoele geur van haar parfum ondervond hij als aangenaam. Meer niet. Hij ging in zijn stoel achter zijn bureau zitten.
'Mijn naam is De Cock,' zei hij beminnelijk, 'De Cock met ceeoo-ceekaa.' Hij wuifde naar zijn jongere collega die naderbij was gekomen. 'En dat is mijn collega, rechercheur Vledder, zogezegd mijn rechterhand. Waarmee kunnen wij u van dienst zijn?'
Ze antwoordde niet direct, aarzelde even, alsof ze niet precies wist hoe ze moest beginnen. De handen in haar schoot bewogen wat

krampachtig. De lange, smalle vingers friemelden aan de zoom van haar rok.
'Ik ben Christel van Daele, van Daele met ae.'
De Cock glimlachte naar haar.
'Ja, ziet u, ik maak mij erg ongerust.'
'Ongerust?'
Ze zuchtte diep. 'Ja, heel erg.'
'Waarom?'
Ze keek naar hem met grote, bezorgde ogen.
'Mijn nichtje is plotseling verdwenen.'
'Verdwenen?'
Ze knikte heftig. 'Spoorloos.'
'Sinds wanneer?'
'Gisteren, meneer De Cock. Gisteren, donderdag, is ze om drie uur 's middags weggegaan en daarna heb ik haar niet meer gezien. Toen ze vanmorgen niet aan het ontbijt verscheen, ben ik naar haar slaapkamer gegaan. Haar bed was niet beslapen.'
De Cock gaf Vledder een wenk om aantekeningen te maken.
'Hoe is de naam van uw nicht?'
'Nanette, Nanette de Bougaerde.' Ze pauzeerde even en schonk De Cock een flauwe glimlach. 'De Bougaerde met ae.'
'Haar leeftijd?'
'Negentien jaar. Ze zou volgende maand, in augustus, twintig zijn geworden. We scheelden goed twee jaar.'
De rechercheur streek met zijn hand langs zijn kin. Haar manier van spreken trof hem.
'Is het gebruikelijk . . . ik bedoel, bleef Nanette wel meer een nacht van huis weg?'
'Nee, tenminste niet dat ik weet. Hoewel, u moet niet denken, dat ik haar bewaakte of zo. Ze ging haar eigen gang. Maar een hele nacht van huis . . . nee. In ieder geval heb ik haar tot nu nooit aan het ontbijt gemist. Ze was altijd op tijd beneden om de zaak te openen.'
De Cock trok zijn wenkbrauwen omhoog. 'Zaak?'
'Ja zeker, Nanette en ik hebben samen een bloemenzaak in de oude Gravenstraat. U weet wel, bij de Dam, achter de Nieuwe Kerk, precies op het hoekje van de Blauestraat. Daar wonen we ook, gedeeltelijk achter de zaak en daarboven. Misschien kent u

onze winkel wel, De Drie Rooskens.'
'Ik vrees,' zei hij voorzichtig, 'dat ik in de Gravenstraat alleen maar de slijterij De Drie Fleschjes ken.'
'Dat begrijp ik,' zei ze kalm. 'Onze zaak bestaat ook nog niet zo lang. Het is nu ongeveer twee jaar geleden dat oudoom Eduard stierf. Hij was erg op ons gesteld, oom Eduard. Hij noemde ons zijn madeliefjes.' Ze glimlachte haast verlegen. 'Nanette en ik konden altijd heel goed met elkaar overweg, als kind al. U weet wel, nooit ruzies en zo . . .
Toen oudoom Eduard stierf, liet hij ons wat geld na. Het was wel niet veel, maar genoeg om dat zaakje in de Gravenstraat te openen.' Ze gebaarde in de ruimte. 'We komen beiden uit Aalsmeer; dochters van een kweker. U kent dat. Je leert in bloemen denken. Een eigen bloemenzaak in de Amsterdamse binnenstad leek ons een ideaal, een droom. Het geld van oom Eduard maakte het mogelijk de droom waar te maken.'
Ze zweeg even en plukte onzichtbare pluisjes van haar schoot. 'We vulden elkaar ook prachtig aan. Nanette is bijzonder begaafd op artistiek gebied. De bloemstukjes die zij opmaakt, zijn prachtig, gewoon juweeltjes. Er is hier in de stad, geloof ik, niemand die haar daarin kan overtreffen. Onze zaak geniet door die bloemjuweeltjes al een zekere vermaardheid. Het werk van Nanette.'
De Cock keek haar onderzoekend aan.
'En wat is uw aandeel in de onderneming?'
Ze glimlachte vermoeid.
'Ik ben niet zo artistiek. Ik behartig meer het zakelijke gedeelte. Ik heb, wat Nanette spottend noemt, een gruttersziel. Och, ik ben nu eenmaal gewend de eindjes aan elkaar te knopen, van huis uit al.'
Het klonk als een verontschuldiging.
'En Nanette?'
'Nanette interesseerde zich niet voor geld. Geld liet haar koud.'
'Wat interesseerde haar wel?'
Ze haalde wat nonchalant haar schouders op.
'Kunst, literatuur. Ze is in het geheel genomen nogal zorgeloos.'
De rechercheur knikte begrijpend. 'Misschien . . .' zei hij aarzelend, 'misschien ligt hier wel de oorzaak van haar . . . eh, verdwijning.'

Ze keek hem scherp aan. 'Wat bedoelt u?'
'Haar zorgeloosheid. Misschien is er helemaal niets bijzonders aan de hand, is ze gewoon ergens opgehouden bij een vriend of een vriendin en heeft ze eenvoudig vergeten u even te bellen.'
Ze kneep nerveus haar handen in elkaar.
'Het is werkelijk heel lief van u,' zei ze diep zuchtend, 'heel lief. Ik begrijp dat u probeert mij gerust te stellen, maar gelooft u mij, *er is met Nanette iets ernstigs gebeurd*. Er is haar iets overkomen. Absoluut.'
De Cock keek haar aan, nauwlettend. 'Bent u daarvan overtuigd?'
'Ja.'
'Waarom?'
'Noem het vrouwelijke intuïtie, noem het wat u wilt. Lach desnoods om mijn dwaze angst, het kan mij niet schelen. Ik heb de innerlijke zekerheid dat, dat . . .' Ze stokte.
De Cock stond langzaam op en liep achter zijn bureau vandaan. Op enige meters afstand bleef hij staan en keek naar de rug van de jonge vrouw. Zijn scherpe ogen registreerden iedere reactie, elke minuscule beweging van hoofd en schouders.
'Gaat u verder,' zei hij zacht maar dwingend, 'welke zekerheid hebt u?'
Hij zag dat ze slikte. 'Na- Nanette is dood,' stamelde ze.

Na de laatste woorden van Christel van Daele ontstond er in de recherchekamer een vreemde stilte.
Vledder keek naar De Cock met een ongeduldige, vragende blik in zijn ogen. Hij was niet tevreden met het verhoor. Op zijn lippen brandden nog tal van vragen. De Cock begreep wat zijn jonge collega wilde. Hij beduidde dat hij zijn gang kon gaan.
Rechercheur Vledder bezat nog de onstuimigheid van de jeugd. Vastberaden stapte hij naar de ineengedoken gestalte op de stoel, ging breeduit achter het bureau van De Cock zitten en schraapte indrukwekkend zijn keel.
Van een afstandje keek De Cock toe. Hij was erg op zijn jongere collega gesteld. Hij mocht hem graag en hoopte dat deze hem zou opvolgen wanneer hij met pensioen zou gaan.
'Nanette is dood,' hoorde hij Vledder zeggen, 'dat beweert u tenminste.'

Christel van Daele knikte. 'Ja,' zei ze toonloos, 'Nanette is dood.'
'Een voorbarige conclusie, als u het mij vraagt.' Zijn stem klonk hard en doordringend. 'Er is in feite niets wat in die richting wijst. Althans, u hebt ons niets genoemd.'
De jonge vrouw richtte haar betraande ogen naar Vledder op. Om haar mond lag een verbeten trek.
'Als u naar bewijzen vraagt, ik kan ze u tot mijn spijt niet geven. Ik meen dat ik daarin duidelijk genoeg ben geweest. Alleen mijn gevoel zegt me dat Nanette dood is.'
Ze pauzeerde even en ademde diep. 'En daar zult u het dan mee moeten doen.' Het klonk scherp, verwijtend, haast bestraffend. *'Er is niet meer.'*
Het gezicht van Vledder werd rood.
'Gevoel, gevoel,' sprak hij luid. 'Wat doe ik ermee?'
De Cock kwam beminnelijk tussenbeide. 'Alles, nietwaar juffrouw Van Daele? Gevoel, het is de basis van ons bestaan.'
Ze schonk hem een dankbare blik.
'Maar u begrijpt,' ging hij vriendelijk verder, 'dat wij omtrent uw nicht over wat meer gegevens moeten beschikken. Willen wij iets voor u kunnen doen, dan zullen wij toch ergens een aanknopingspunt moeten hebben, een leidraad voor ons onderzoek. Dat bedoelt mijn collega. Bijvoorbeeld: waar ging Nanette gisteren heen?'
Christel van Daele trok haar schouders op. 'Dat weet ik niet.'
'Had ze een koffer bij zich of een tas?'
'Nee, alleen haar handtasje. Meer niet.'
'Hoe was ze gekleed?'
'Gewoon, in haar blauwe mantelpakje.'
'Had Nanette nog vrienden?'
'U bedoelt mannen met wie ze omging?'
'Ja.'
Ze maakte een veelzeggend gebaar.
'Dat waren er nogal wat. Nanette had heel veel vrienden. Maar de laatste tijd ging ze toch vrij regelmatig uit met Bram ter Wielingen, een journalist. Wel een aardige jongen, moet ik zeggen. Alleen wat vlot, te vlot naar mijn smaak.'
De Cock grinnikte. 'Journalisten leven bijna constant in de hoogste versnelling. Dat is hun aard. Heeft u met hem al over de

verdwijning van Nanette gesproken?'
'Nee, ik heb er nog met niemand over gesproken. Ik ben rechtstreeks naar u gekomen.'
'Mooi, laat dan ook verder maar alles aan ons over.'
Hij krabde zich eens achter in zijn nek. 'O ja, voor ik het vergeet, heeft u misschien een foto van Nanette?'
Ze opende haar tasje. Na enig zoeken vond ze er een. Het was een goede, vrij duidelijke kleurenfoto, briefkaartformaat.
'Ongeveer een maand geleden genomen,' zei ze.
De Cock nam de foto en bekeek hem aandachtig. Nanette de Bougaerde was een mooi meisje, zag hij. Ze leek vrij veel op haar nicht. Hetzelfde lange, blonde haar, dezelfde bouw van gezicht. Ze was alleen nog wat slanker, fragieler, een tot leven gekomen Barbiepop. Hij gaf de foto aan Vledder.
'U moet nu maar rustig naar huis gaan.' De Cock legde vaderlijk een hand op haar schouder. 'Zo gauw we iets weten, komen we het vertellen.'
Hij liep naar de kapstok en pakte haar cape.
Christel van Daele stond langzaam op. De Cock drapeerde de cape rond haar schouders.
'Als u Nanette straks thuis treft, dan hadden we graag een berichtje.' Ze schudde triest het hoofd. 'Nee, meneer De Cock, Nanette is dood.'

2

Met de handen diep in zijn broekzakken slenterde De Cock door de grote recherchekamer. In gedachten ging hij het gesprek met Christel van Daele na, de woorden, de intonaties, de gebaren.
De Cock kon dat. Hij had een fantastisch geheugen met een liefde voor het detail. Een schijnbaar onbelangrijke toespeling, een gezichtsuitdrukking, niets ontging hem. Zijn observatievermogen was opmerkelijk. Hij bezat dat van nature, maar in zijn beroep was het nog verscherpt.
Bij het raam, zijn geliefkoosd plekje, bleef hij staan. Het regende nog steeds. Plotseling draaide hij zich om en beende naar de kapstok.
'Pak je jas, jongen. We gaan op pad.'
Vledder keek zijn baas verbaasd aan.
'Zeg,' riep hij met lichte achterdocht, 'je bent toch niet van plan om nu direct al naar die verdwenen Nanette de . . . de . . .'
'Bougaerde,' vulde De Cock aan.
' . . . juist, de Bougaerde te gaan zoeken? Het meisje is alles bij elkaar nog geen vierentwintig uur zoek. Er is nog niets aan de hand.'
De Cock keek hem onbewogen aan. 'Ze is dood, beweert haar nicht.'
'Die nicht, die nicht is een dwaas, zeg ik je, met haar gevoel, haar vrouwelijke intuïtie. En omdat in het fraaie hoofdje van dat bloemenvrouwtje het zotte idee heeft postgevat dat haar jongere nicht zo maar, zonder haar voorkennis naar het hiernamaals is vertrokken, wil jij het hele rechercheapparaat in werking stellen.'
De Cock wurmde zich in zijn oude regenjas.
'Nee,' zei hij gelaten, 'niet het *hele* rechercheapparaat, jongen. Alleen maar wij tweeën. En dat is voorlopig meer dan genoeg.'
Vledder schudde vertwijfeld het hoofd. Hij kon zijn oude leermeester niet volgen. Hij begreep het niet. Hij liep met grote passen op De Cock toe en bleef pal voor hem staan. Een vinger omhoog.
'Luister nu eens goed,' riep hij geprikkeld. 'De jonge Nanette is

nog nooit een nachtje van huis weg geweest, dat beweert haar nicht.'
'En?'
'Maar ze is negentien jaar, begrijp je, De Cock, negentien jaar. Echt een leeftijd om eens een nachtelijk avontuurtje te beleven. En daar steekt toch niets achter? Dat is toch gezond?'
'Ik ken vaders,' zei de oude rechercheur bijna achteloos, 'Die voor de gezondheid van hun dochters aan iets anders de voorkeur geven.' Vledder zuchtte wanhopig.
'Je weet best wat ik bedoel. Er is nog geen sprake van een werkelijke vermissing. Wat wil die juffrouw van Daele? Ze kan toch niet verlangen dat de hele recherche op pad gaat, telkens wanneer een jonge vrouw een nachtje buitenshuis doorbrengt? Dat is, dat is . . .' Vledder zocht naar het juiste woord, ' . . . dat is monnikenwerk.'
De Cock lachte luid. Hij plantte zijn oude vilthoedje achter op zijn hoofd en wandelde bedaard de recherchekamer uit. Vledder volgde, woedend, zijn regenjas in een knoedel over zijn schouder.

Bram ter Wielingen bleek een lange, slanke jongeman met vriendelijke grijze ogen en een snor met trots opgeheven punten. De Cock werd er zichtbaar door geïmponeerd. Hij bekeek de snor met bewonderende aandacht. De jongeman vond die intense belangstelling voor zijn bovenlipbeharing wat pijnlijk. Onder de spiedende ogen van De Cock bewoog hij zich onrustig.
'Wat wilt u?'
De rechercheur schoof zijn oude vilthoedje wat verder achter op zijn hoofd en wreef met een zakdoek de regen uit zijn gezicht.
'Dat u ons ontlast van onze druipende regenjassen.'
De jongeman grinnikte wat verlegen.
'Zeker, zeker, neemt u mij niet kwalijk.'
Hij kwam ineens in actie. Hij hielp bij het uittrekken van de jassen, hing ze weg en ging De Cock en Vledder voor naar een ruime kamer. Het was er wat rommelig, maar niet ongezellig.
De Cock maakte een fauteuil vrij. Hij ging onuitgenodigd zitten en strekte behaaglijk zijn benen. Vledder volgde. Ter Wielingen stond er wat verloren bij; een trek van verbazing op zijn gezicht.
'Wat, wat wensen de heren?' Het klonk benepen.

De Cock plooide zijn gezicht in een vriendelijke grijns en keek de jongeman vanuit de diepte aan. 'Nanette de Bougaerde,' zei hij effen.
'Wat?'
'Nanette de Bougaerde,' herhaalde De Cock. 'Ze is nog minderjarig. We komen haar halen.'
Bram ter Wielingen grinnikte wat schaapachtig. 'Ik, ik begrijp u niet.'
'Het is anders helemaal niet zo moeilijk,' zei de rechercheur. 'U vroeg toch wat wij wensten? Wel, wij zijn rechercheurs van politie, verbonden aan het bureau Warmoesstraat. Wij wensen Nanette de Bougaerde. Volgens onze inlichtingen bevindt zij zich in uw woning.'
'Wat?'
'Uw woordkeus is wel erg beperkt. Verder bent u bijzonder traag van begrip, een slechte eigenschap voor een journalist. Maar goed, ik zal trachten duidelijker te zijn.' Hij stak eerst kalm een sigaret op en blies de rook naar het plafond.
'Nanette de Bougaerde,' zei hij geduldig, 'is, zoals gezegd, een minderjarig meisje. We hebben gegronde reden om aan te nemen dat zij de afgelopen nacht bij u heeft doorgebracht. Wanneer u het meisje niet aan ons uitlevert, haar verborgen houdt, haar huidige verblijfplaats voor ons verzwijgt, dan kunt u zich schuldig maken aan schaking.' Hij wachtte even voor het gunstige effect. 'En schaking is een misdrijf.' Uit de mond van De Cock klonk het als een lekkernij.
De journalist keek hem wat dom aan. 'Een misdrijf?'
'Ja zeker, artikel tweehonderdeenentachtig van ons aller Wetboek van Strafrecht. Een interessant artikel. U moet het maar eens lezen. Er staat zes jaar op.'
Ter Wielingen fronste zijn wenkbrauwen. 'Zes jaar,' prevelde hij.
De Cock knikte. 'Een hele tijd. Als u ze goed en wel hebt uitgezeten, bent u in de dertig, bijna een oude man.'
De journalist ging zitten en wreef met zijn hand langs zijn ogen. Hij moest het even verwerken. In de regel had hij zichzelf wel in bedwang, was hij meester van de situatie. Zijn beroep bracht dat mee. Maar De Cock had hem geen tijd gegund.
Hij keek in het uiterlijk zo goedmoedige gezicht van de grijze

rechercheur voor hem. Sluw en onverzettelijk leek het hem. Langzaam herstelde hij zich. Zijn waakzaamheid keerde terug. Journalist Ter Wielingen besloot, hoe dan ook, niet te capituleren. Onder zijn fraaie snor plooide zich een glimlach.
'Was het maar waar,' zei hij.
De rechercheur keek hem onderzoekend aan en merkte de veranderde houding op. 'Wat bedoelt u?'
'Dat Nanette de nacht bij mij in huis had doorgebracht. Ik moet zeggen, het is een zinneprikkelende gedachte.'
Hij grinnikte zachtjes. 'Maar het spijt me, ik moet u teleurstellen, Nanette is niet bij mij. Ze is ook niet bij mij geweest. Doorzoekt u rustig het hele huis. U zult geen spoortje van haar vinden. Ik heb haar trouwens in geen veertien dagen gezien.'
'U kent haar dus wel?'
'Zeker, zeker. Nanette, waauw-waauw, wat een meid. Een schat.'
Hij lachte met zijn hele gezicht. 'De wilde madelief uit De Drie Rooskens.'
De Cock trok zijn linkermondhoek wat omhoog.
'Waauw-waauw,' herhaalde hij toonloos. Hij ontnam aan de klank alle spanning. 'En wanneer heeft u 'waauw waauw Nanette' voor het laatst gezien?'
'Dat zei ik u al, ongeveer veertien dagen geleden. Het was een min of meer toevallige ontmoeting.'
'Hoezo, min of meer toevallig?'
'Wel . . . eh.'
Plotseling stokte Ter Wielingen. Hij keek van De Cock naar Vledder en terug. Op zijn gezicht lag een uitdrukking van verbazing.
'Ik . . . eh,' hij schudde zijn hoofd, 'ik snap het niet helemaal. Sinds wanneer zijn rechercheurs van bureau Warmoesstraat apostelen der zedelijkheid. Ik bedoel, vanwaar die belangstelling voor Nanette?'
'Ze is weg.'
'Wie?'
'Nanette.'
'Weg?'
De Cock knikte. 'Christel van Daele, haar nicht uit De Drie Rooskens, is vanmorgen bij ons op het bureau gekomen om kennis te

geven van haar vermissing. Begrijpt u nu onze belangstelling?'
Ter Wielingen knikte vaag.
'Zeker, zeker,' antwoordde hij wat afwezig. Hij had kennelijk nog moeite de verdwijning van Nanette de Bougaerde als een feit te aanvaarden. 'Zegt u het maar,' zuchtte hij.
'U sprak van een toevallige ontmoeting.'
Ter Wielingen kwam uit zijn fauteuil naar voren en reikte naar zijn pakje sigaretten voor hem op het ronde tafeltje. De Cock keek naar de lange, enigszins tanige vingers van de journalist. Ze trilden.
'Ja, ja, die ontmoeting.'
Hij stak een sigaret op en inhaleerde diep.
'Het was in de avond. Ik dacht zo in de buurt van elf uur. Ik kwam van de krant. Ik had daar een verslag zitten maken van een terechtzitting die ik 's morgens had bijgewoond en reed met mijn wagentje van de Nieuwezijds over de Dam via de Damstraat naar huis.' Hij gebaarde met de sigaret in zijn hand.
'Plotseling zag ik haar, in de Oude Hoogstraat, Nanette. Ze kwam van een van de grachten.'
De Cock keek de journalist ongelovig aan. 'Van de walletjes?'
'Van de walletjes, inderdaad. Ik vond het ook vreemd. Echt. Ik kende haar wel niet zo goed, maar Nanette leek mij toch echt niet het meisje om daar in de buurt alleen rond te scharrelen. Ik kon mijn ogen dan ook niet geloven.'
'Wat hebt u gedaan?'
'Ik reed eerst door, draaide daarna mijn wagentje en reed haar achteropkomend weer voorbij. Onderwijl keek ik in mijn achteruitkijkspiegel.'
'En?'
'Ik had mij niet vergist. Ze was het. Ik ben doorgereden en heb mijn wagentje op het Damrak bij De Bijenkorf geparkeerd. Vandaar ben ik te voet naar de Gravenstraat gegaan. Bij De Drie Rooskens bleef ik op haar staan wachten. Het duurde niet lang. Al na een paar minuten kwam ze rustig aanwandelen.'
'Wat zei ze?'
De journalist deed opnieuw een trek aan zijn sigaret.
'Ik deed net alsof ik haar toevallig ontmoette. Over het feit, dat ik haar van de walletjes had zien komen, heb ik met geen woord

gerept. Ik durfde dat ook niet goed. Begrijpt u, ik wilde vooral niet de indruk wekken dat ik haar had bespioneerd. Tenslotte had ik geen enkel recht haar ter verantwoording te roepen.'
De Cock keek hem onderzoekend aan.
'Ik dacht,' zei hij voorzichtig, 'dat u beiden, eh . . .'
Over het jonge gezicht van de journalist gleed een droeve grijns.
'Och,' zuchtte hij, 'het is nooit meer geweest dan een . . . een kleine flirtation, een guitig spelletje van Nanette.'
De Cock beluisterde de toon. 'U was verliefd op haar?'
Ter Wielingen zuchtte opnieuw.
'Verliefd, ja, zo zou u het wel kunnen noemen.'
'En Nanette?'
Hij haalde wat nonchalant zijn schouders op.
'Ze was nog te speels. Te weinig ernstig.' Hij keek De Cock enige ogenblikken aan. 'Liefde, liefde is toch een ernstige zaak, niet?'
De rechercheur knikte. 'Zonder twijfel. Er zijn al heel wat moorden ter wille van de liefde gepleegd. Bepaald dus ernstig genoeg.'
Ter Wielingen keek schichtig naar hem. 'Moorden?'
'Liefde, een uitgelezen motief voor moord.'
De journalist bracht een hand naar zijn voorhoofd. De intelligente uitdrukking in zijn ogen verdween. Hij begon als een dwaas te grinniken.
'Ik, eh, ik heb Nanette niet vermoord.' Hij stotterde bijna.
De Cock reageerde fel. 'Wie heeft dat beweerd?'
'Niemand, niemand, maar ik bedoel, ik dacht . . .'
De Cock keek Ter Wielingen een tijdje peinzend aan. Daarna streek hij met zijn hand door zijn stugge grijze haar. Hij had de reactie van de journalist gepeild, maar zijn impressies waren enigszins verward. 'Heeft Nanette nog iets gezegd?'
'Wanneer?'
'Die avond voor de deur van De Drie Rooskens.'
'Nee, niets. Nou ja, we hebben nog wat staan babbelen. Maar ze vertelde mij niet waar ze die avond was geweest. Na ongeveer een half uurtje is ze naar binnen gegaan.'
'En heeft u het raadsel ook later niet kunnen oplossen? Ik neem aan dat het u wel bezighield.'
'Inderdaad, maar ik heb haar nadien niet meer gezien.'
'Dat was dus veertien dagen geleden?'

'Ja, veertien dagen.'

Ze zaten een tijdje zwijgend bijeen. De journalist stak een verse sigaret op. Het was zijn derde. De vorige had hij nog niet voor de helft opgerookt. De jonge Ter Wielingen was kennelijk nerveus, gespannen. Hij kon het niet verbergen. Zelfs de uitdrukking in zijn ogen had iets schichtigs, als van een angstig, opgejaagd dier. Met zijn linkerhand draaide hij voortdurend aan de punten van zijn fraaie snor.
Deze onrust ontging De Cock niet.
Vledder zat er wat verveeld bij. Hij had het gesprek tussen zijn leermeester en de journalist woordelijk gevolgd en aantekeningen gemaakt. Het had hem wel geboeid. Hoewel hij zijn methoden wel kende, genoot hij nog altijd van De Cocks verhoortechniek. Verder was zijn belangstelling beroepsmatig. Vledder geloofde niet in de verdwijning van het meisje. Het kind was volgens hem gewoon een nachtje op stap. Nou en? Hij vond dat De Cock zich om het geval veel te druk maakte. Straks kwam die Nanette weer vrolijk boven water en dan was al de moeite voor niets geweest. Die gedachte wond hem op. Verdomme nog aan toe, ze hadden waarachtig wel wat anders te doen dan achter dartele nichten aan te hollen. De Cock keek langzaam de kamer rond. Vanuit de oude fauteuil waarin hij zat, gleed zijn blik langs de kale wanden, wipte over het schaarse meubilair. Ineens stond hij op, schijnbaar loom, met trage bewegingen.
In de wat rommelige, stoffige vrijgezellenkamer van de journalist had hij een dissonant ontdekt, een lieflijke dissonant, zonnig, vol kleur. Het stond te pronk bij het raam, op de bovenste plank van een ruwhouten boekenkast. Het oog van De Cock werd erdoor gestreeld. Het was een fragiel boeketje verse veldbloemen, geraffineerd kunstig gerangschikt in een fijn, bleek porseleinen vaasje met een roze lint. Een juweeltje van bloemschikkunst. De Cock liep naar de boekenkast en nam het vaasje voorzichtig in de hand. Hij bekeek het tuiltje bloemen met volle aandacht. 'Fraai,' mompelde hij goedkeurend, 'bijzonder fraai. Ik heb zelden zoiets moois gezien.'
Na een poosje zette hij het vaasje weer neer, voorzichtig, als gold het een broze relikwie. Hij bleef er een poosje naar staan kijken.

Zijn hand aan de kin.
'Het is jammer,' zuchtte hij, 'dat veldbloemen zo teer zijn. Ze verwelken zo gauw.' Zijn stem klonk oprecht bedroefd.
'Het moest eigenlijk verboden worden. Ik bedoel, er moest een wet zijn, een bepaling die het plukken van veldbloemen strafbaar stelde. Ze behoren buiten op het land, bij het gele koren.'
Hij gebaarde naar Vledder. 'Hoe lang dacht je dat zo'n veldboeketje in een muffe vrijgezellenkamer mooi en fris blijft?'
Vledder haalde nonchalant de schouders op. Hij begreep nog niet goed waar De Cock heen wilde. 'Ik weet het niet zo precies,' zei hij aarzelend. 'Een paar dagen . . . een week.'
De Cock knikte peinzend.
'Een paar dagen, een week,' herhaalde hij. 'Je hebt gelijk. Beslist niet langer. De ranke bloemsteeltjes buigen al heel gauw door.'
Hij keek opnieuw naar het kleurig boeketje, lang, aandachtig, met een bewonderende blik in de ogen. Eerst na een paar minuten draaide hij zich om. Zijn gelaat stond strak, als een effen masker. Hij kwam van de boekenkast vandaan en liep door de kamer. Voor de journalist bleef hij staan.
'Beste Ter Wielingen,' zei hij kalm, 'er is er slechts één die zo kunstig, zo geraffineerd en met zoveel artistiek gevoel een tuiltje veldbloemen kan schikken . . . Uw, of laten we zeggen onze vriendin Nanette, de madelief uit De Drie Rooskens.'

3

Rechercheur De Cock woelde met zijn korte, dikke vingers door zijn stugge, grijze haar. Het was een gewoontegebaar wanneer hij nadacht. Hij hing wat lui achterover in de stoel, de naar verhouding korte benen op de rand van zijn bureau. De verdwijning van Nanette de Bougaerde had hem beroerd. Hij wist niet precies waarom. Er verdwenen bijna dagelijks mensen. Het opsporen behoorde tot de routine van het recherchewerk. Soms waren ze moe, de mensen, doodmoe, en hadden er genoeg van, genoeg van hun man of vrouw, van hun chef, hun huis, hun kantoor, hun werk, genoeg van alles. Dan liepen ze weg, weg uit de sleur, de knellende band van het dagelijks leven. Een vlucht in de vrijheid. Maar het duurde meestal nooit lang. De vrijheid, zo bleek, had ook nare kanten. Ze miste de geborgenheid van de vertrouwde omgeving, de zoete sluimer van de sleur.

In de regel was na een paar dagen de opstandigheid uitgewoed en kwamen ze terug, soms ontgoocheld, ontluisterd, maar altijd braaf, ontstellend braaf, en tot hun nekharen vol berouw.

De Cock kneep zijn lippen op elkaar.

Maar bij Nanette, zo leek het hem, was het toch anders. Hier geen existentiële onvrede, geen vlucht uit de sleur. Haar plotseling verdwijnen stond in een ander licht, had andere motieven. Welke?

Het was allemaal nog zo onduidelijk, vond hij, zo vaag, zo onbepaald. Er vielen met de beste wil van de wereld nog geen redelijke conclusies te trekken.

Hij nam zijn beide benen van het bureau en pakte uit de lade een blad papier.

DOOR WIE OF WAT VERDWEEN NANETTE?

Dat schreef hij neer, bovenaan, in forse, schoolse letters. Het was alsof hij de gedachte die hem zo sterk bezighield, voor zich wilde zien, concreet, als een uitdaging aan zijn verbeelding. Hij zuchtte, legde zachtjes zijn pen neer en bekeek de vraag. Was het angst?

Wat verderop in de recherchekamer zat collega Vledder aan zijn bureau en werkte zijn aantekeningen uit. Hij begreep nog niet veel van De Cocks directe interesse in de verdwijning van Nanette

de Bougaerde. In de regel wachtte men een paar dagen voordat er wat nasporingen werden gedaan. Dat was nu eenmaal gebruikelijk. De ervaring had geleerd dat het geen zin had om bij vermiste personen direct, de eerste dag al, op pad te gaan. de oude De Cock moest dat toch weten. Hoelang liep hij nu al bij de recherche mee? Twintig, vijfentwintig jaar? Het moest haast wel. Hij was wat men noemt een oude rot in het vak.
Vledder kwam achter zijn bureau vandaan en liep naar De Cock toe. Ondanks alles was hij toch bijzonder op zijn oude leermeester gesteld. Het was een diepe genegenheid die voortsproot uit aanhankelijkheid en bewondering.
'Waauw-waauw,' riep hij lachend.
De Cock keek verstoord op.
'Waauw-waauw,' herhaalde Vledder.
De Cock grijnsde minachtend.
'Het is verwonderlijk,' zei hij met een licht sarcasme, 'dat de klankrijkdom van onze schone taal zich steeds vergroot.' Hij snoof. 'Alleen de hemel mag weten wat die woeste wildernisroep betekent.'
Vledder lachte.
'Kijk, als een hengst een mooie merrie ziet, begint hij te hinniken . . .'
'Ik begrijp het,' onderbrak De Cock schamper, ' . . . en als een beschaafd jongmens een mooi meisje ontwaart, dan ontlaadt hij zijn gemoed in dierlijke klanken.'
'Zo is het, de moderne tijd.' Vledder zweeg even. 'Ik heb mij overigens ook zonder dat voor jou zo vreemde waauw-waauw-geroep bij die journalist thuis wel geamuseerd. Het was op het eind zelfs vermakelijk. De jonge Ter Wielingen liet zich niet vangen. Het was kostelijk. Die komedie van jou met dat boeketje veldbloemen had hij door. Hij begreep blijkbaar direct dat er geen schijntje van bewijs in zat.'
De Cock haalde nonchalant zijn schouders op.
'Toch liegt onze vriend. Zie je, dat spelletje van mij met dat veldboeketje was niet enkel komedie. Zeker, er zat geen echt wettelijk bewijs in, ik bedoel, je kunt er niet mee voor een rechtbank komen, maar het was voor mij toch wel degelijk een aanwijzing dat die Ter Wielingen zijn vriendin Nanette nog maar kort

geleden in De Drie Rooskens heeft bezocht.'
'Hoe lang geleden?'
'In ieder geval korter dan veertien dagen. Het veldboeketje was hoogstens een dag of wat geleden opgemaakt.'
Vledder knikte. 'Misschien is hij wel in De Drie Rooskens geweest, maar heeft daar Nanette niet getroffen.'
'Natuurlijk, dat kan. Toch heb ik het gevoel, dat Ter Wielingen iets voor ons verbergt, dat hij meer weet dan hij ons wil zeggen.'
Vledder schoof een stoel bij en ging zitten.
'Wat denk je, zullen we hem laten volgen?'
De Cock schudde zijn hoofd. 'Tijdverspilling,' zei hij kort, onverschillig. 'Bij een journalist is dat niet nodig.'
Op het jonge gezicht van Vledder verscheen een uitdrukking van onbegrip. 'Niet nodig?' stamelde hij. 'Maar als hij nu . .'
De Cock onderbrak hem. 'Leer een ding van mij, jongen,' zei hij vaderlijk. 'Die dagbladjongens zijn nooit bijzonder slim of sluw. Ze zijn alleen maar wat driest, onberaden.'
Hij maakte een grimas.
'Onze oude commissaris zegt altijd: geef een journalist een lang stuk touw en hij hangt zichzelf op. Heb je het nooit van hem gehoord? Het ligt in het wezen van een journalist. Hij kan eenvoudig niet anders. Gun hem de tijd, vroeg of laat publiceert hij alles.'
'Ook zijn bekentenis?'
De Cock grijnsde. 'Desnoods ook zijn bekentenis.
Vledder lachte.
'Wat denk je anders van zijn verhaal over de walletjes? Geloof jij echt dat hij Nanette die avond van de walletjes heeft zien komen?'
De Cock krabde zich eens achter in zijn nek.
'Ik weet het niet,' zei hij aarzelend. 'Hij kwam nogal vlot met dat verhaal. Hij had geen enkele aansporing nodig. Zie je, dat verbaasde mij een beetje. Ik vraag mij af of het geen valstrik kan zijn?'
'Een valstrik?'
'Ja, misschien wil Ter Wielingen wel dat wij de oorzaak van Nanettes verdwijning in de omgeving van de walletjes gaan zoeken, terwijl . . .'
' . . . terwijl de walletjes,' vulde Vledder aan, 'met haar verdwij-

ning niets te maken hebben.'
De Cock knikte goedkeurend naar hem.
Vledder grijnsde. 'Dan is onze journalist misschien toch sluwer dan jij mij wilde doen geloven.'
Het brede gezicht van De Cock plooide zich in een milde glimlach. Hij legde beide handen op zijn bureau en drukte zijn zwaar bovenlijf uit zijn stoel omhoog. 'Ik heb een karweitje voor je.'
De ogen van Vledder begonnen te glinsteren.
'Zal ik toch achter die journalist aan gaan?'
'Laat die journalist maar zolang met rust. Dat komt later wel. Ik wil dat je naar Aalsmeer gaat. Informeer eens bij de politie daar en maak een voorzichtig babbeltje met de ouders van Nanette.'
'Zal ik zeggen dat . . .'
'Nee, nog niet. Probeer alleen maar uit te vissen of de verhouding tussen de beide nichten inderdaad wel zo idyllisch was als die Christel ons voorspiegelde. Misschien dat ze er in Aalsmeer iets van weten.'
Vledder knikte met een ernstig gezicht. 'En wat doe jij?'
De Cock grijnsde breed. 'Ik, ik ga naar Lowietje.'

Lowietje, wegens zijn geringe borstomvang in de rosse buurt van Amsterdam beter bekend als Smalle Lowietje, was al vele jaren een goede bekende van De Cock. Op brede basis van wederzijds respect was er zelfs sprake van een zekere genegenheid. Ze mochten elkaar wel, De Cock en Lowietje, hoewel, tot een hechte vriendschap was het nooit gekomen. Het kon niet. Ergens bleef een barrière, een mistige sluier van achterdochtige waakzaamheid. Het was een niet te slechten scheidsmuur. Tenslotte was De Cock een rechercheur, een gezagsdrager, een man van de Wet en Smalle Lowietje een jongen van de penose. En daartussen ligt een wereld.
Op de hoek van de Achterburgwal en de Barndesteeg had Lowietje zijn café. Een schemerig, intiem lokaaltje met gedempt licht, roze, want het was een trefpunt voor de meisjes uit de buurt. Hier rustten ze uit, de Zwarte Truzen, de Blonde Greetjes, hier dronken ze zacht nippend aan hun zoete likeurtjes en babbelden ongedwongen over de business. De lichte vrouwtjes zonder vaste vriend zochten hier uit pure liefde een knappe partner, een echte vent met een overdaad aan mankracht, want in de routine van de

business viel in de regel maar weinig opwindends te beleven. En een mens wil toch wel eens wat. Lowietje wist dat. Lowietje wist alles. De buurt had voor Lowietje geen geheimen.

De Cock schoof naar het einde van de bar en hees zich daar op een kruk. Het was zijn vaste plaats. Vanhier uit kon hij het gehele lokaaltje overzien en had hij een rugdekking voor alle eventualiteiten, zoals het spontaan uitbarsten van opgewekte vechtpartijen tussen concurrerende zusters in het oudste beroep van de wereld. Want ook hier is de afgunst groot.
Smalle Lowietje kwam naar hem toe, zette een glas voor hem neer en greep onder de tapkast naar de fles Franse cognac Napoleon, die hij niet aan zijn normale clientèle verkwistte, maar speciaal voor De Cock hield gereserveerd. Het was een soort eerbetoon aan de grijze speurder.
Lowietje schonk handig in. 'Hoe is de misdaad?'
De rechercheur maakte een grimas. 'Ieder mens heeft zijn kruis,' zei hij gelaten. 'Mijn kruis is de zonde van anderen.'
Smalle Lowietje glimlachte met een scheve mond.
'Als ik jou niet beter kende,' zei hij schamper, 'zou ik nu tranen in mijn ogen krijgen.' Hij schonk zichzelf in uit dezelfde fles en hield het glas naar De Cock omhoog.
'Proost, op alle kinderen van dorstige vaders.'
De Cock grinnikte. 'Proost!'
Hij liet het glas tussen zijn vingers schommelen en snoof de prikkelende geur van de cognac. De Cock was een echte fijnproever, een liefhebber. Hij nam een klein slokje en genoot van de weldadige warmte, die de cognac inwendig verspreidde. Hij verdreef de nattige kilte van de regen. Voorzichtig zette hij het glas neer.
'Ik zoek een meisje.'
Lowietje keek hem quasi-verwonderd aan.
'Ik dacht,' zei hij zacht grijnzend, 'dat je die tijd al had gehad?'
De Cock negeerde de opmerking. Hij pakte de kleurenfoto van Nanette uit de binnenzak van zijn colbert en legde hem voor Lowietje neer. 'Dat is'r.'
Smalle Lowietje wreef zijn altijd klamme, zweterige handen langs zijn morsig kelnersjasje en pakte het fotootje op. Hij bekeek het aandachtig. 'Een mooi wijffie.'

In zijn stem klonk pure bewondering. Hij drukte zijn onderlip vooruit en wipte met zijn hoofd op en neer. 'Een heel mooi wijffie.'
De Cock knikte. 'Ken je haar?'
Lowietje antwoordde niet direct. Hij streek met de rug van zijn hand langs zijn mond.
'Moet ze hierin de buurt zitten?'
De Cock haalde zijn schouders op.
'Eerlijk gezegd, ik weet het niet. Het lijkt mij een net meisje. Er wordt beweerd dat ze wel eens in de buurt komt. Maar als je 't mij vraagt, hoort ze hier helemaal niet thuis.'
Lowietje snoof. 'Er zijn zoveel vrouwtjes die hier niet thuishoren.'
De Cock proefde de terechtwijzing. Lowietje was op dat punt nogal gevoelig. Zoals trouwens alle luitjes aan de zelfkant van het leven. Ze hadden weinig op met die andere wereld van de zogenaamde nette mensen. In hun ogen was dat 'nette' maar een camouflage, een huichelachtige façade waarachter ze hun eigen ontucht verborgen.
De Cock zuchtte. 'Je weet wat ik bedoel.'
Lowietje nam nog een slok van zijn cognac.
'Wat heeft ze uitgespookt?' vroeg hij achteloos.
De Cock glimlachte.
'Nee, nee, dat is het niet. Het meisje is weg, gewoon weg. Spoorloos verdwenen. Het is nog een minderjarig kind. Een familielid heeft haar vermissing gemeld.'
Het levendige gezicht van Smalle Lowietje veranderde van uitdrukking. Het klaarde op. Het onderwerp 'verdwenen minderjarige meisjes' gold in de buurt als 'onbesmet'. Er kon vrijeljk met de recherche over 'gekoekeld' worden. De buurt was geen toevluchtsoord voor weggelopen minderjarigen, zo luidde de code.
'Hoe oud is ze precies?'
'Negentien jaar.'
Lowietje grinnikte. 'En moet jij daar achter aan?'
'Wat wil je, het is mijn vak.'
Lowietje schudde zijn hoofd. 'En hoe heet de blom?'
'Nanette, Nanette de Bougaerde.'
'Hoe zeg je?'
'Nanette de Bougaerde.'

Smalle Lowietje zette zijn glas neer en dacht na. Het was aan hem te zien. Zijn gezicht was van pijn verwrongen. Denken was voor Lowietje een smartelijke bezigheid.
'De Bougaerde, De Bougaerde,' zei hij peinzend. 'Ik geloof dat ik die naam wel eens heb horen noemen.'
De Cock veerde op.'Weet je dat zeker?' vroeg hij hoopvol.
Lowietje knikte vaag.
'Ik zou mij al heel sterk moeten vergissen,' zei hij met een hanglip.
'De Bougaerde, zie je, het is nogal een bijzondere naam. Die blijft je bij.'
De Cock bedwong met moeite zijn ongeduld.
'Waar heb je die naam horen noemen?'
'Hier in de zaak, geloof ik.'
'Een businessvrouwtje?'
Lowietje schudde zijn hoofd. 'Geen vrouwtje, een gabbertje.'
'Een gabbertje, wat voor een gabbertje?'
Lowietje trok een vies gezicht.
'Ach, je weet wel, zo'n ventje, zo'n gore sterretjeskijker, die voor alles in is. Je ziet hem hier de laatste tijd veel scharrelen.'
'Ik heb nog nooit van hem gehoord.'
'Dat kan best. Hij is volgens mij ook nog niet zo lang op de vlakte.'
Hij keek De Cock grijnzend aan, het hoofd een beetje schuin. 'Ik denk ook niet, dat hij er erg veel prijs op stelt om met jou kennis te maken.'
De Cock trok wat nonchalant zijn schouders op en dronk zijn glas leeg. 'Ik wou toch wel eens met hem babbelen.'
Lowietje schonk opnieuw in.
'Over dat meisje?'
'Ja, ik vind die overeenkomst in naam te mooi, te opvallend. Misschien weet ie wat.'
Lowietje knikte.
'Ik denk alleen niet dat je hem gemakkelijk te pakken krijgt. Het is nogal een schichtige jongen, hebben ze me verteld.'
De Cock schonk Lowietje zijn innemendste glimlach.
'Als jij hem eens een seintje gaf . . .'
'Een seintje?'

'Ja, een vriendelijke uitnodiging, een invitatie . . .' De Cock keek op zijn horloge '. . . voor laten we zeggen vanavond om acht uur in de Warmoesstraat op nummer achtenveertig, kamer negen.'
Door de met leer afgezette gordijnen stapte een kleine zwarte vrouw het cafeetje binnen. In haar kielzog wandelde een jongeman met donkere bril en vaal blond haar. Lowietje keek schuin over zijn schouder. Via de spiegel achter de bar volgde hij het jonge stel. Ze gingen aan een tafeltje achter in de zaak zitten.
Lowietje draaide zijn gezicht naar De Cock; bij zijn linkeroog vibreerde een zenuwtrek. 'Ik, ik doe het liever niet.'
De Cock streek met zijn vlakke hand over zijn gezicht.
'Ik dacht,' zei hij, 'dat we vrienden waren. Ik bedoel, zo'n kleine dienst kon ik toch wel van je verwachten . . .'
In zijn stem klonk pure teleurstelling.
Het lange gezicht van Smalle Lowietje kreeg een pijnlijke uitdrukking. Van onder zijn schaarse haren gleed een zweetdruppel over zijn voorhoofd. Hij kreeg het kennelijk benauwd. De Cock registreerde het met verbazing.
'Hoe is het?' drong hij aan. 'Komt hij?'
Smalle Lowietje boog zich vertrouwelijk voorover.
'Waarom,' fluisterde hij, 'waarom vraag je het hem zelf niet?'
De Cock trok zijn werkbrauwen omhoog. 'Zelf?'
Lowietje knikte nauwelijks merkbaar.
'Hij is net binnengekomen.'

4

Met het cognacglas in de hand liet De Cock zich van de barkruk afglijden. Half slenterend, zijn oude vilthoed nonchalant achter op het hoofd, waggelde hij door de roze schemering van Lowietjes cafeetje. Hij had zo het aanzien van een wat zatte vijftiger met een goedaardige dronk en in zich het onverwoestbare geloof dat alle mensen op aarde er alleen maar waren om bijzonder gezellig te zijn. Achter in de hoek, bij het tafeltje van het jonge stel, bleef hij staan. Het gesprek tussen de beide jonge mensen verstomde onmiddellijk. De Cock glimlachte zijn beste glimlach en liet zich ongevraagd op de stoel naast het zwarte vrouwtje zakken. Ze schoof iets opzij, demonstratief, alsof hij besmet was.

De Cock zette zijn cognacglas schuin voor zich neer. Steunend met beide ellebogen op het tafeltje keek hij naar de jongeman voor zich. Zijn scherpe blik tastte het gelaat af. De donkere bril maskeerde veel. Maar een lichte trilling rond de mond liet zien dat de storing de jongeman niet beviel.

'Ga weg,' siste hij tussen zijn tanden door. 'We hebben u niet geroepen.'

De Cock nam voorzichtig een slok van zijn cognac en speelde met het glas in zijn hand.

'Ik kom vaak ongeroepen,' zei hij duister. 'Net als de dood. Het is een element van verrassing.'

De jongeman aarzelde even. De toon die hij beluisterde, was niet die van een door de drank beneveld man. Het bracht hem wat in de war.

'Wij, wij wensen niet gestoord te worden,' zei hij verklarend, 'begrijpt u . . .'

De Cock knikte.

'Ik begrijp het,' zei hij vriendelijk. 'Ik zal u ook niet lang ophouden. Maar voor het geval dat het u mocht interesseren, mijn naam is De Cock, De Cock met ceeooceekaa, ik ben als rechercheur verbonden aan het politiebureau in de Warmoesstraat,' hij pauzeerde even, ' . . . en beroepshalve belast met het onderzoek naar de mysterieuze verdwijning van Nanette de Bougaerde.'

De jongeman schrok zichtbaar. 'Nanette?'
De Cock knikte. 'Nanette de Bougaerde.'
De jongeman slikte, zijn adamsappel wipte op en neer.
'Verdwenen?'
De Cock keek hem doordringend aan. 'Ja, interesseert het u?'
De jongeman wierp een schichtige blik in de richting van het zwarte vrouwtje.
'Nou nee, interesseren, nee, niet bijzonder.' Hij gebaarde wat nerveus en produceerde een half mislukt lachje. 'Het is in feite niets ongewoons. Er zullen wel meer meisjes verdwijnen.'
De Cock stond langzaam op.
'Ja,' zei hij somber, 'en sommige verdwijnen voor eeuwig.'
Hij schoof zijn stoel naar achteren om weg te gaan. Het ging wat stuntelig, onzeker, alsof hij toch onvast ter been was. Plotseling verloor hij zijn evenwicht. Hij viel schuin naar voren over het tafeltje. Het lege cognacglas viel om. In de zaak ontstond wat rumoer. De Cock bleef liggen. Toen hij overeind kwam, raakte zijn hand de donkere bril. Heel even schoof hij op. De Cock keek in de ogen van de jongeman. Het was maar een flits, één enkele blik. Maar voor De Cock was het genoeg. Hij lachte wat verlegen, mompelde een verontschuldiging en waggelde het cafeetje uit.
Het stel keek hem met gemengde gevoelens na.
Achter de tapkast grijnsde Lowietje.

Toen de bruine, met leer afgezette gordijnen van het cafeetje achter hem waren dichtgevallen, sjorde De Cock de ceintuur van zijn regenjas vast, trok zijn kraag omhoog en slenterde de gracht af. Het regende nog steeds. Verdwaalde groepjes vakantiegangers schuifelden in verkreukeld plastic langs de walletjes in bedrijf. Een triest vermaak. De Cock bekeek de lange, natte, nieuwsgierige gezichten. Amsterdam in juli. Door de gracht trokken rondvaartboten met beslagen ruiten.
Aan het einde van de Lange Niezel bleef De Cock staan. Besluiteloos. Hij overdacht of hij terug zou gaan naar het politiebureau om via de telex de opsporing van het meisje te verzoeken. Hij had het nog niet gedaan. Hij had het nog wat te vroeg gevonden, te voorbarig. Maar hij mocht nu wel zo langzamerhand aannemen dat er iets ernstigs was gebeurd. Voor zichzelf had hij dat gevoel

al lang. Feitelijk al vanaf het moment waarop Christel van Daele de naam van haar nicht had genoemd. Hij wist niet hoe het kwam. Hij had er geen verklaring voor. Het was een wat vreemd gevoel van onheil, dood, mysterie. De Cock onderkende het als dwaas, onredelijk, onlogisch ook. Hij kon ettelijke plausibele verklaringen voor het verdwijnen van het meisje bedenken, maar het verdreef zijn bange voorgevoelens niet. Ze bleven in zijn achterhoofd zweven, hardnekkig, als boosaardige fantomen.
Een koude regendruppel gleed over de rug van zijn neus naar beneden. Het herinnerde hem eraan dat het geen zin had om zo maar op de hoek van een straat in de regen te blijven staan. Hij schold op zichzelf. Als de nattigheid in zijn botten sloop, was hij weer verkouden. Hij was toch al zo vatbaar. Bovendien doodde zijn besluiteloosheid elk initiatief. Hij moest iets doen.
Na ampele overwegingen besloot hij met het zenden van de telexberichten nog even te wachten. Dat kon altijd nog. Misschien dat de jonge Vledder in Aalsmeer iets ontdekte wat de zaak ineens een andere wending gaf. Men kon nooit weten. Een onderzoek naar het verdwijnen van een levenslustig meisje bleef altijd een vrij hachelijke onderneming. Levenslustig? Plotseling ging er een gedachtenflits door zijn hoofd. Levenslustig . . . hóé levenslustig was Nanette de Bougaerde? Was misschien juist gebrek aan levenslust de oorzaak van haar verdwijnen? Melancholie, zielenood, zelfmoord? De Cock drukte zijn natte hoedje wat dieper op zijn hoofd en ging op pad naar de Gravenstraat. Christel van Daele, dacht hij, moest daar toch iets van weten?
De Drie Rooskens, zo bleek, was een exclusieve bloemenzaak met een bijzonder fraai interieur, exotische bloemen en fantastische prijzen. De gedegen ambtenarenziel van De Cock besloot van hieruit nooit een bloemetje voor zijn vrouw mee te nemen. Niet dat hij zijn trouwe wederhelft niet al het goede op aarde toedacht, zeker. Maar, zo meende De Cock, er waren grenzen.
Het ding dong van de winkelbel was al lang verstomd voordat Christel van Daele te voorschijn kwam via een ruwstenen toog. Haar verschijnen ging gepaard met het zacht ritselen van een bamboegordijn. De Cock keek op. Weer onderging hij de bekoring van haar uitzonderlijke schoonheid. In haar hemelsblauw jasschort zag Christel van Daele er aanbiddelijk uit.

Ze trad vriendelijk lachend naderbij en stak hem haar hand toe. Haar vingers, lang, haast pezig, sloten zich om zijn hand. De Cock verbaasde zich over de bijna onvrouwelijke kracht van haar greep.
'En, meneer De Cock,' haar stem klonk opgewekt, 'hebt u al een spoor van Nanette gevonden?'
De Cock schudde mistroostig het hoofd.
'Nee,' zei hij spijtig, 'nee, ik weet nog niets. We doen uiteraard ons best. Dat begrijpt u. Maar onze nasporingen hebben tot nu weinig succes gehad.'
Ze knikte peinzend. 'Het is toch vreemd, zo plotseling. Je vraagt je af waar ze mag zijn gebleven?'
De Cock nam zijn hoedje af en knoopte zijn jas los.
'Heeft u suggesties?'
Ze haalde haar schouders op. 'Nee, geen enkele.'
De Cock gebaarde naar de beregende winkelruit.
'Ik zou mij kunnen voorstellen,' zei hij, 'dat iemand plotseling heel sterk naar een ander land zou verlangen, een zuidelijk land lmet warmte en zonovergoten stranden.'
Ze streek met de rug van haar hand een weerbarstige blonde lok uit haar gezicht.
'U bedoelt dat Nanette . . .?'
'Het is maar een suggestie.'
Ze glimlachte. 'En, vindt u het zelf aannemelijk?'
'Ik ga eenvoudig van mijzelf uit. Als ik met dit miezerige weer in de etalages van een reisbureau zo'n kleurige affiche van een ver warm land zie, met lachende mensen in de zon, dan krijg ik altijd de neiging er plompverloren vandoor te gaan.' Hij grinnikte wat verlegen. 'Alleen, alleen op mijn leeftijd denk je direct aan de gevolgen, de consequenties van een onberaden stap. En dat weegt altijd zo zwaar, te zwaar.'
Ze keek hem onderzoekend aan. 'En als u jonger was?'
De Cock grijnsde.
'Hoe jong? Zo jong als Nanette?'
Christel van Daele antwoordde niet. Haar blik gleed omhoog naar een elektronische klok aan de wand en bleef daar even rusten. Het was drie minuten voor zes!
'Ik zal de zaak sluiten,' zei ze. 'Het is toch bijna tijd. Ik verwacht trouwens geen klanten meer.' Ze glimlachte hem vriendelijk toe.

'Misschien wilt u dan nog even mee naar binnen komen.'
De Cock knikte. 'Zeker, ik zou graag haar kamer zien.'
'Haar kamer?'
'Ja, waar ze sliep. Misschien heeft ze nog ergens brieven of andere bescheiden die voor ons een aanknopingspunt kunnen vormen. Sommige jonge vrouwen houden er wel een geheim dagboek op na.'
Hij zag dat ze schrok.
'Een geheim dagboek?'
De Cock knikte ernstig.
'Niet zo veel meer. Maar het komt voor. Vooral dromerige meisjes met een wat romantische ziel hebben er behoefte aan hun intiemste gedachten aan het papier toe te vertrouwen. Men kan het beschouwen als een soort biecht.'
'Biecht?'
'Ja, een geschreven verantwoording. Het is zeer interessante lectuur. Vaak onthullend met talloze verrassende ontboezemingen.'
De Cock gebaarde wat vermoeid. 'Ze zijn er in de regel erg zuinig op. Ik bedoel, je vindt zo'n dagboek niet zo gemakkelijk. Ze verstoppen het soms op de vreemdste plaatsen.'
Ze trok haar neus op en snoof hoorbaar.
'Dwaas,' mompelde ze, 'kinderlijk.'
De geprikkelde toon ontging De Cock niet.
'U hebt nooit een dagboek bijgehouden?'
Het was een overbodige vraag. En de Cock wist het.
Ze keek hem bijna vijandig aan. 'Met die flauwiteiten,' zei ze kribbig, 'heb ik mij nooit beziggehouden.'
'En Nanette?'
Ze liep naar de winkeldeur.
'Dat weet ik niet,' zei ze in het voorbijgaan. 'Ik heb daar nooit zo op gelet.'
Ze sloot zorgvuldig; twee grendels en een Lips' slot. Daarna deed ze allerlei verborgen lampen uit. Het werd ineens donker in de winkel. Alle kleur viel weg.
'Gaat u mee?'
Ze verdween door de toog en het bamboegordijn. De Cock volgde wat schoorvoetend in een wolkje van parfum. Even prikkelde de geur hem, maar niet lang.

Ze bracht hem naar een heel smal gangetje met aan de wand een paar koperen haken, die als kapstok dienden.
'Hier kunt u uw jas kwijt,' zei ze, en verdween.
De Cock hing zijn oude hoedje op en trok zijn regenjas uit. Het ding was zwaar van het water. Hij streek met zijn hand over de rug en schouders van zijn colbert. Het voelde nattig aan. Hij vloekte inwendig. Zijn jas was doorgeregend. Het was ook zijn eigen schuld. Zijn vrouw had hem al zo dikwijls aangeraden die oude jas weg te doen en een nieuwe te kopen. Maar De Cock hield niet van nieuw. Hij was aan het oude ding gehecht.
Naast de koperen haken hing een ovale spiegel in een omlijsting van Schotse ruit. Spiegels hingen voor De Cock altijd te laag. Hij bukte zich een beetje en zag zijn eigen gezicht. Het monterde hem wat op. Hij vond dat hij eigenlijk maar een belachelijke kop had en begreep niet dat anderen hem met zo'n gezicht nog ernstig namen. Hij lachte eens tegen zijn eigen spiegelbeeld, schikte zijn stropdas recht en stapte naar de deur van de kamer. Op de drempel bleef hij plompverloren staan. Het was alsof hij plotseling alles niet meer zo duidelijk zag. Er hing voor zijn ogen een waas, een betoverende sluier van fluisterende tule.
Hij wreef met de rug van zijn hand langs zijn ogen . . ., stelde het beeld scherp. Ze stond daar, glimlachend, uitnodigend, in een nauwsluitende japon die niets verhulde, maar in alle openheid getuigde van haar schoonheid.
De Cock ademde diep en drukte de betovering weg. Hij vroeg zich af wat hem had begoocheld, wat zijn waarneming had vertroebeld. Het was haar glimlach geweest, stelde hij vast, en haar blik vol zoete beloften. Het had zijn hartslag wat verhoogd en het bloed onstuimig naar zijn hoofd gestuwd. Hij krabde zich wat verlegen in de nek en grinnikte zijn dwaasheid weg. Toen stapte hij naar binnen.
Ze wenkte naar een brede bank aan de muur.
'Neemt u even plaats,' zei ze warm, huiselijk. 'Een ogenblikje. Ik maak snel een kop koffie.' Ze verdween in de keuken.
De Cock ging zitten en keek rond. De kamer was smaakvol gemeubileerd. Oud, nieuw, antiek, modern, uitgebalanceerd tot een haast volmaakte harmonie. Een ijzeren wenteltrap met teakhouten treden was geraffineerd decoratief in het interieur opgenomen.

Op een klein Zweeds bureautje, links in de hoek van de kamer, stond een foto van een meisje in het uniform van een verpleegster. Het bureau stond een beetje in de schaduw van een staande schemerlamp. De Cock kon niet goed zien wie het was.
Christel van Daele kwam uit de keuken met een stel doorschijnende glazen bollen aan een statief. Ergens onderaan brandde een vlam die de koffie deed kolken. Hij rook verrukkelijk. Ze schoof een klein tafeltje bij met koppen en ingrediënten.
'Room en suiker?'
De Cock knikte.
Ze ging naast hem op de bank zitten en schonk in.
'Ik ben blij dat u bent gekomen,' zei ze zacht. 'Het was een hele opluchting. Ziet u, ik heb de gehele dag juist tegen dit uur opgezien. Nanette en ik dronken altijd koffie samen, begrijpt u. Het was een soort ritueel: winkel sluiten, koffie zetten.'
De Cock knikte. 'Ik begrijp het volkomen.'
Ze roerde in haar kopje.
'We hadden alleen elkaar. We waren op elkaars gezelschap aangewezen.'
De Cock keek haar van terzijde aan.
'Was er nooit bezoek?'
Ze schudde haar hoofd. 'Vriendinnen hadden we niet.'
'Vrienden?'
Er vloog een blos langs haar wangen.
'Herenbezoek heb ik stelselmatig geweerd.'
'Waarom?'
Ze zuchtte.
'We waren meisjes alleen, en ik wilde niet dat wij in opspraak kwamen.'
De Cock grijnsde. 'Dit is Amsterdam, geen Aalsmeer.'
Ze keek hem scherp aan. 'Maakt dat enig verschil?'
De Cock antwoordde niet, maar vroeg: 'Hoe dacht Nanette daarover?'
Ze nam een haastige slok van haar koffie.
'Nanette, Nanette legde zich erbij neer.'
'Ze was het er dus niet mee eens?'
Haar gezicht kreeg een harde uitdrukking.
'Ze legde zich erbij neer.'

De Cock zuchtte.
'Ik vraag mij af,' dacht hij hardop, 'hoe Nanette zou reageren als ze nu plotseling binnenkwam en ons beiden hier zag zitten?'
Christel van Daele draaide haar gezicht naar de deur. Haar ogen waren groot en angstig. 'Nanette, nee, dat kan niet.'
Ze greep De Cock bij zijn arm.
'Nee, nee,' ze gilde bijna, 'nee, dat kan niet. Dat mag niet.' In haar stem klonk pure angst. 'Meneer De Cock, ze kan toch niet zo maar binnenkomen, onverwachts?'
De Cock schudde zijn hoofd.
'Maakt u zich maar geen zorgen,' zei hij kalm, 'met twee grendels op de buitendeur lijkt mij dat een hele opgave.'
Het sarcasme ontging haar.
'Ik ben bang, meneer De Cock.'
Hij keek haar scherp aan.
'Voor wie? Nanette? Ze is dood, is het niet?'
Ze hijgde. Haar boezem ging heftig op en neer. 'Ja, ja, ze is dood.'
De Cock wreef met zijn hand langs zijn gezicht. Hij was op hetzelfde punt als vanmorgen, toen Vledder haar fel aanviel. Maar De Cock wenste geen hard gevecht. Hij wilde een rustig onderhoud met ruimte voor confidenties. Hij betwijfelde echter of het zou lukken. Er was iets met Christel van Daele. Iets wat hij niet begreep. Hij tastte voortdurend mis. Ze leek hem zo gespleten, zo onstabiel. Soms trad ze hem tegemoet als een stralende toverfee, zonder limiet bereid al zijn wensen te vervullen. Maar dan ineens, door een enkele opmerking, werd ze een feeks, reageerde ze fel, opstandig, alsof hij haar belaagde. Had het verdwijnen van Nanette haar zo van streek gebracht?
Hij keek naar de mooie vrouw naast zich op de bank. Zo dichtbij, dacht hij, en toch zo ver weg. Hij keek naar haar bleke gezicht. Ze was nog kennelijk overstuur. Hij dronk rustig zijn koffie en wachtte tot ze wat was gekalmeerd.
'Zou ik nu even haar kamer mogen zien?'
Ze stond op en wees naar de wenteltrap.
'Gaat u maar voor. Boven aan de trap drukt u het luik omhoog. Het gaat bijna vanzelf.'
De Cock knikte. Hij wist nog niet wat hij in de slaapkamer van Nanette zou moeten zoeken. Het was eigenlijk maar een impuls.

Hij wilde weten hoe de kamer er uitzag. Dat was alles. De kleur van de gordijnen, de stof van haar nachtgewaad. De Cock hechtte waarde aan die dingen. Het hielp hem, zich een beeld te vormen van het meisje dat hij zocht.
Christel van Daele leidde hem boven rond.
Er was aan de achterzijde nog een soort werkkamer met overal op de vloer ruwe roodaarden bloempotten en aan de wanden lange rekken met kunstzinnig glaswerk en keramiek. Boven een met zink beklede werkbank met scharen en tangen hingen bosjes raffia, spoelen groen ijzerdraad en plasticband in diverse kleuren. Het rook er naar aarde en rottend mos.
De kamer van Nanette viel tegen. Het was een doelmatig slaapvertrek zonder franje. Schaars gemeubileerd. Aan de wand een eenpersoonsbed zonder sprei en daarnaast een kleine toilettafel. Er lag een uitgebreid assortiment make-up-artikelen, haast schematisch gerangschikt. Tegen de andere wand stond een grote kast. De Cock deed de deuren open. Links hing een ruime sortering mantels, mantelpakjes en japonnen. Rechts lagen truien, hemden en een stapeltje slipjes. De bovenste was groen. De Cock las het woord *donderdag,* in geborduurde letters. Hij tilde de slipjes een voor een op en ontdekte een roze met *vrijdag,* een hemelsblauwe met *zaterdag* en een gele met *zondag.*
Maandag, dinsdag en woensdag ontbraken.
De Cock deed de kastdeuren langzaam dicht. Hij keek nog even rond en verliet de kamer. Hij had genoeg gezien. Brieven, bescheiden of een dagboek waren er niet.
Christel van Daele ging hem voor op de gang. Een paar meter verder bij een deur bleef ze staan. 'En dit is mijn kamer.'
De Cock keek haar aan. Haar gezicht had weer die warme uitdrukking van blijde toegevendheid. Haar blauwe ogen weerspiegelden een zee van beloften.
'Wilt u hem zien?'
'Graag.'
Ze opende de deur met enige schroom, alsof ze iets van zichzelf openbaarde, een soort geheim onthulde. In de kamer hing een behaaglijke sfeer van vrouwelijke intimiteit. Hij had de beslotenheid van een boudoir uit de vorige eeuw. Maar volkomen eigentijds stond op het nachtkastje een foto van een sportief meisje in

short met een tennisracket in de hand. Ze zag dat De Cock ernaar keek en glimlachte.
'Dat is verleden tijd. Ik speel bijna niet meer.'
'Waarom niet?'
'Geen gelegenheid. De zaak vraagt alle aandacht.'
De Cock knikte. 'Deed Nanette nog aan sport? Had ze hobby's?'
Ze schudde haar hoofd.
'Nanette, nee, Nanette was alleen maar mooi.'
De Cock keek haar onderzoekend aan. Er was iets in haar stem wat hem niet beviel.
'Bent u,' vroeg hij aarzelend, 'bent u wel eens verliefd geweest?'
Ze keek verstoord naar hem op. 'Verliefd?'
'Ja, gewoon verliefd, zoals dat hoort bij meisjes en jonge vrouwen.'
Hij zag hoe het blauw van haar ogen weer veranderde in staalgrijs. Het flikkerde.
'Wat heeft dat met de verdwijning van Nanette te maken?'
De Cock maakte een vermoeid gebaar.
'Dat vraag ik mij juist af.'

5

De Cock zat eenzaam achter zijn bureau in de recherchekamer. Het was er heet. Als in een oven. Hij had een van de grote gasradiators bij het raam aangestoken. Daarboven, aan een knaapje, hing zijn oude regenjas te schommelen in de hete lucht. Het ding moest droog. Ook zijn hoed. Hij had het zichzelf beloofd. Hij ging niet eerder op pad, al kreeg hij nu stante pede het bericht dat de halve stad was uitgemoord.
De Cock was toch al niet in zo'n best humeur. Het onderhoud met Christel van Daele was niet verlopen zoals hij zich dat had voorgesteld. Hij had haar graag wat openhartiger gezien, wat meer vertrouwelijk. Maar ze week steeds terug. Zolang hij vol bewondering haar schoonheid onderging, was ze innemend, poeslief. Maar zo gauw hij zich maar even uit de betovering losweekte en puur als ambtenaar vragen ging stellen, werd ze furieus. Hij snoof. Het was in feite een zotte situatie, bedacht hij. Nicht Christel vraagt aan de recherche hulp bij de opsporing van nicht Nanette. En als de recherche dan aan het werk gaat, informaties probeert te krijgen, is diezelfde Christel zo gesloten als een bus.
Hij maakte de bovenste knoop van zijn overhemd los en keek peinzend naar de hitte die boven de gasradiator trilde. Hij moest er eigenlijk mee ophouden, bedacht hij, met het onderzoek. Gewoon een telexbericht verzenden en dan alles op zijn beloop laten. Als de belanghebbende zelf geen medewerking wilde verlenen, wat kon het hem dan nog schelen? Het was in zekere zin heel begrijpelijk dat nicht Nanette er vandoor was. *Herenbezoek heb ik stelselmatig geweerd.* Hij grinnikte in zichzelf. Had Christel gedacht daarmee de liefde buiten de deur te houden? Waarom? Het was dwaas. Hij nam een blanco telexformulier en dacht na over de tekst. Na enige overwegingen besloot hij tot een bericht 'aan allen', met inbegrip van de grensposten.
Hij schreef:
De commissaris van politie, chef in de 2e afdeling, bureau Warmoesstraat 48 te Amsterdam, verzoekt bekend te worden gemaakt met de verblijfplaats van Nanette de Bougaerde, oud negentien

jaar. Signalement: lang plm. 1.70 m., slank postuur, lang, blond, golvend haar. Was gekleed in een nachtblauw mantelpakje en . . .
Hij legde zijn pen neer. Plotseling herinnerde hij zich wat hij had gezien in de kamer van Nanette. De slipjes met de namen van de dagen van de week. Hij kneep zijn lippen op elkaar en schudde zijn hoofd. Er klopte iets niet. Volgens Christel was Nanette gisteren, dus op donderdag, verdwenen. Maar het slipje met *donderdag* lag nog in de kast. Als Nanette er werkelijk de gewoonte op na hield - en het had er alle schijn van - om elke dag een schoon slipje van de serie aan te trekken, dan loog Christel en was Nanette niet op donderdag maar reeds op woensdag verdwenen.
De Cock begon plotseling in z'n eentje te lachen. Hardop, luid. Het werd tijd dat hij de affaire Nanette eens wat nuchterder ging bezien. Hij raakte gewoon van de kook, ging overal spoken zien. Die slipjestheorie kon hij rustig laten varen. Zij hield geen steek. Natuurlijk niet. Welke vrouw zou zich precies aan die slipjesdagen houden? Een doodenkele, misschien. Hij zag zich al staan voor de rechter, onder ede: 'En toen, meneer de president, zag ik in de klerenkast de slipjes . . . eh, damesbroekjes . . . eh, directoires, en daarop geborduurd . . .' Het werd een gillertje voor de verdediging. De telefoon op zijn bureau begon te rinkelen. Hij pakte de hoorn op. Het was Vledder.
'Ik ben terug uit Aalsmeer.'
'Mooi. Waar ben je nu?'
'In het politieposthuis aan het Hoofddorpplein. Ik belde eigenlijk alleen maar om te informeren of je er nog was.'
'Hoezo?'
'Wel, als je er niet was geweest, was ik doorgegaan. Ik heb namelijk om negen uur een afspraak met een meisje.'
'Zo.'
'Ja, maar als je vanavond nog wat van plan bent . . .'
'Ken je haar al lang?'
'Wie?'
'Dat meisje.'
'Een maand of twee.'
De Cock peinsde even. 'Draagt ze slipjes met dagen?'
'Wàt . . .!?'
'Slipjes, broekjes met een dagaanduiding.'

Hij hoorde Vledder hakkelen.
'Zover, eh, zover is het nog nooit ge . . . ik bedoel . . . het is nogal een intiem kledingstuk.'
'Goed, goed, dan gaat het over. Het was maar een gok van me. Het valt met de zedenverwildering van de hedendaagse jongelui blijkbaar nogal mee. Ga jij maar rustig naar jouw afspraakje.'
Het was even stil aan de andere kant van de lijn.
'De Cock, blijf je nog lang op het bureau?'
'Nog wel een uurtje, dacht ik.'
'Dan kom ik nu direct naar je toe.'
'Waarom? Heb je in Aalsmeer iets bijzonders ontdekt?'
'Nee, maar je praat zo raar.'
Het klonk bezorgd.
'Barst!'
De Cock smeet de hoorn op de haak en wiste met een zakdoek het zweet van zijn voorhoofd. Het werd steeds heter in de kamer. Hij zou juist opstaan om de gasradiator uit te doen toen er opnieuw werd gebeld. Het was dit keer de wachtcommandant beneden.
'Er is hier voor de balie iemand die vraagt naar rechercheur De Cock met ceeooceekaa.'
'Wat voor iemand?'
'Een jongeman van een jaar of zevenentwintig met . . .'
' . . . vaal blond haar en een donkere bril,' vulde De Cock aan.
'Precies.'
'Is hij alleen?'
'Ja.'
'Prachtig, stuur hem dan maar naar boven.'
De Cock legde de hoorn neer en haastte zich de gasradiator uit te doen. Hij begon zo langzamerhand te smelten. Zijn hand kleefde aan zijn body.
Hij pakte zijn jas van het knaapje en opende het raam voor een beetje frisse lucht. Het was droog buiten, zag hij. Eindelijk regende het niet meer. Vanuit de hoogte keek hij neer op de groepjes schuifelende mensen beneden. Het was druk op straat. Uit de cafeetjes aan de overkant van de Warmoesstraat klonk rumoer. Wat verderop lalde een eenzame man een droevig lied. *Moeder, ik kan je niet missen,* verstond De Cock. Het klonk overtuigend, hartverscheurend. Er werd geklopt.

De Cock deed het raam weer dicht en liep terug naar zijn bureau. Onderwijl deed hij zijn colbertje uit. Hij zweette nog steeds. Met de mouw van zijn overhemd wreef hij zijn gezicht droog. Hij drapeerde zijn colbertje over de rugleuning van zijn stoel en rolde de mouwen van zijn overhemd op. Pas toen riep hij: 'Binnen!'
De deur werd langzaam opengedaan en de jongeman die hij in Lowietjes café had ontmoet, trad aarzelend binnen.
De Cock glimlachte hem vriendelijk toe en wees uitnodigend naar de stoel naast zijn bureau.
'Ga zitten, m'n vriend.'
De jongeman trok een nors gezicht.
'Ik ben uw vriend niet.'
De Cock maakte een grimas.
'U hebt gelijk,' zei hij gelaten. 'Men kan in dit opzicht niet selectief genoeg zijn. Zegt u maar wat ik voor u doen kan?'
De jongeman slikte iets weg. 'Wat is er met Nanette?'
De Cock trok zijn wenkbrauwen op.
'Ik dacht dat u niet geïnteresseerd was?'
'Het spijt me, maar dat ben ik wel.'
De Cock zuchtte. 'Vanmiddag anders . . .'
'Dat was vanmiddag,' onderbrak de jongeman geprikkeld. 'Ik kon in dat café in het bijzijn van dat zwarte kind moeilijk toegeven dat ik geïnteresseerd was in het verdwijnen van een meisje, een bepaald meisje nog wel.'
'Waarom niet? Pearl is niet eenkennig.'
Hij keek verrast op. 'Pearl, u kent haar?'
De Cock glimlachte.
'Black Pearl of Cuba, de zwarte parel van Cuba. Als ze een goede bui heeft, noemt ze zich ook wel De Wervelwind van Jamaica, of liever nog in het Engels Whirlwind of Jamaica.' Hij snoof lachend. 'Het heeft allemaal niet veel te betekenen. Voor een zangeresje in wat obscure gelegenheden klinkt het alleen exotischer dan Zwarte Marietje uit 's-Gravenhage.'
De jongeman streek met zijn hand langs zijn lippen.
'U . . . eh, u bent goed geïnformeerd.'
De Cock haalde nonchalant zijn schouders op.
'Och,' zei hij haast verontschuldigend, 'met betrekking tot Pearl is dat geen verdienste. Iedere jongen uit de buurt zou u hetzelfde

verhaal hebben kunnen vertellen. Het is gewoon een publiek geheim. Ik denk, meneer De Bougaerde, dat ze juist u bij de arm heeft genomen omdat u nog zo nieuw bent.'
'Wat bedoelt u met nieuw?'
De Cock boog zich glimlachend naar hem toe.
'Wat zoekt u hier in de buurt, meneer De Bougaerde?'
'Niets, gewoon, ik woon hier op de Achterburgwal.'
'Wat zoekt u hier in de buurt, vroeg ik.'
'Ik . . . eh, ik zei u al, ik woon hier.'
De Cock boog zich nog meer naar voren. Zijn gezicht was vlak naast het hoofd van de jongeman. Hij fluisterde.
'Meneer De Bougaerde, hoe lang bent u al ziek?'
De jongeman begon wat zenuwachtig te lachen. 'Ziek . . . ik . . . ziek?'
De Cock knikte nadrukkelijk. 'Hoelang?'
De jongeman werd steeds onrustiger en angstiger. De Cock zag het. Achter de donkere bril bewogen de ogen schichtig heen en weer. De handen op de knieën trilden.
'Hoelang?' herhaalde De Cock dwingend.
De Bougaerde antwoordde niet.
En dan, plotseling, in een paar flitsende bewegingen, had De Cock hem in een knellende greep. Met zijn vrije hand schoof hij de linkerarm van de jongeman bloot. Het gebeurde zo snel, zo verrassend, dat de jongeman zich nauwelijks had kunnen verzetten. Beschuldigend, overtuigend lag de magere bleke binnenkant van De Bougaerdes linkeronderarm in de greep van De Cocks hand. De vele rode punctieplekjes spraken een duidelijke taal.
'Morfine?'
De jongeman knikte zwijgend. Zijn knap gezicht had een trieste, haast pijnlijke uitdrukking. De onderlip trilde een beetje, als van een kind dat op het punt staat te gaan huilen.
De Cock liet de arm los en voelde medelijden.
'Als ik u pijn heb gedaan,' zei hij bezorgd, 'het was niet mijn bedoeling, Ik wilde weten wat er met u aan de hand was. Begrijpt u, u bent niet het type van een penozejongen. Ik vroeg mij dus af . . .'
De Bougaerde trok de linkermouw weer naar beneden en schikte zijn jasje recht.

‘Tevreden?’ Het klonk bitter.
De Cock keek hem achterdochtig aan.
‘Waarom, waarom zou ik tevreden moeten zijn? Omdat u ziek bent, verslaafd aan morfine, moet ik daarom tevreden zijn? Wat denkt u dat ik ben, meneer De Bougaerde, een sadist, een man die zich op dit moment heimelijk staat te verkneuteren in uw ellende?’
‘Misschien.’
De Cock reageerde niet direct. Hij keek de jongeman enige tijd aan, zwijgend, met een peinzende uitdrukking op zijn gezicht.
‘U hebt gelijk,’ zei hij na een poosje. ‘Misschien, het blijft misschien. U kunt niet in mijn hart kijken, en ik niet in het uwe. En wat de mond belijdt, is vaak ver van het hart.’ Hij maakte een enigszins triest gebaartje. ‘Oorzaak van veel misverstand.’
Op dat moment kwam Vledder de recherchekamer binnenstuiven. Hij hing zijn jas op de kapstok en keek verbaasd van De Cock naar de jongeman en terug.
‘Heb je nog bezoek?’
De Cock glimlachte.
‘Mag ik je even voorstellen: meneer De Bougaerde.’
Vledder fronste zijn wenkbrauwen. ‘De Bougaerde?’
De jongeman stond op, schudde Vledder de hand.
‘De naam van mijn moeder. Ik . . . eh, ik schrijf onder die naam.’
‘Schrijven?’ vroeg De Cock.
Rond de lippen van de jongeman plooide zich een wat wrange glimlach. ‘Nooit iets gehoord of gelezen van Floor de Bougaerde?’
De ogen van de jonge Vledder begonnen te glinsteren. Hij knikte heftig. ‘Zeker, zeker heb ik van u gelezen. *Het stille einde* en *De transparante dood*. Twee boeken die een paar jaar geleden nogal wat opschudding hebben teweeggebracht. Het was een vrij somber toekomstbeeld dat u ons voorspiegelde, herinner ik mij. Hoe dan ook, ik heb in ieder geval uw boeken verslonden. Ik geloof ook dat ze vooral onder de jongeren veel opgang hebben gemaakt. Is het niet?’
De Bougaerde zuchtte.
‘Ja, vooral onder de jongeren. De meesten van de oudere generatie hebben mijn boeken afgewezen. Ze vonden mij te negatief, te nihilistisch.’ Hij grijnsde. ‘Alsof een atoombom iets is om bij te

staan juichen.'
De Cock ging in zijn stoel achter zijn bureau zitten. Hij had nog nooit iets van Floor de Bougaerde gelezen, maar hij kon zich de tendens van diens boeken wel voorstellen. Leven zonder uitzicht. Dood zonder verlossing. Het trok hem niet.
'De Bougaerde, zei u, is de naam van uw moeder?'
'Ja'.
'Nanette is dus geen zuster van u?'
'Nee, Nanette is mijn nicht.'
'Juist. Wanneer hebt u haar voor het laatst gezien?'
De jongeman plukte aan zijn onderlip.
'Ik dacht zo, een veertien dagen geleden.'
'Waar?'
'Op mijn kamer aan de gracht. Ze kwam bij mij op bezoek. Sinds de dood van mijn moeder was Nanette eigenlijk de enige van mijn familie, die nog relaties met mij onderhield.'
'Waarom? Bent u een uitgestotene?'
Hij glimlachte.
'Zo zou u het kunnen noemen. Mijn manier van leven, mijn denkbeelden, ze stroken nu niet bepaald met de nogal burgerlijke moraal van de familie Van Daele.'
De Cock keek hem aan, het hoofd een beetje schuin.
'Van Daele met ae?'
'Ja, mijn vader was Martin van Daele, een kweker.'
'En Christel?'
'Christel is mijn zuster.'
De Cock woelde door zijn haar. Hij moest dit even verwerken. Zijn blik gleed langs de gelaatstrekken van de jongeman. Er waren punten van overeenkomst, geringe gelijkenissen. Het gezicht van Floor van Daele was meer getekend, scherper. De sporen van zijn verslaafdheid tekenden zich duidelijk af. De ziekte had de groeven verdiept, de huidkleur aangetast.
'Kwam ze wel eens bij u op bezoek?'
'Wie? Christel?'
'Ja.'
De jongeman grinnikte vreugdeloos.
'Ik geloof dat ze niet eens weet dat ik tegenwoordig in Amsterdam woon. Ziet u, we zijn de laatste jaren een beetje van elkaar ver-

vreemd.' Hij keek peinzend langs De Cock heen, zakte weg in herinneringen. 'Vroeger was dat anders, ja, we waren erg op elkaar gesteld.'
'Niet meer?'
Hij schudde mistroostig het hoofd.
'Christel, Christel is een Van Daele gebleven.'
De Cock knikte begrijpend.
'En u werd een De Bougaerde.'
Hij tilde zijn bril iets op en wreef vermoeid zijn ogen.
'Ja, ik werd een De Bougaerde.'
Ze zwegen. Na een poosje stond De Cock op en liep naar de kleine aanrecht met het gaskomfoor. Hij had trek in koffie. Hij pakte de ketel uit het gootsteenkastje en zette wat water op. In de la van zijn bureau wist hij nog een restje poederkoffie.
Vledder schoof zijn stoel wat dichter bij de jongeman. 'Wanneer,' vroeg hij belangstellend, 'komt er weer een nieuw boek van u uit?'
Het gezicht van de jongeman versomberde.
'Dat . . . eh, dat weet ik niet. Dat is niet te zeggen. Je weet nooit precies wanneer het komt, inspiratie en zo. Het blijft soms lang weg, heel lang, te lang. En misschien komt het nooit meer.'
De Cock, met zijn rug naar de jongeman gekeerd, beluisterde een ondertoon van angst. Hij draaide zich langzaam om.
'De Bougaerde, wat was uw laatste boek?'
De jongeman aarzelde even. '*De transparante dood.*'
Vledder reageerde verrast.
'*De transparante dood?* Maar dat is toch al weer een hele tijd geleden?'
'Ja, vier jaar.' Het klonk haast benepen. 'Ik heb *De transparante dood* vier jaar geleden geschreven. In nog geen drie maanden tijd had ik het manuscript klaar. Volledig. Ik schreef toen bijna dag en nacht, als een bezetene. Toen ik het manuscript bij de uitgever had ingeleverd, had ik het gevoel van een last te zijn bevrijd, verlost van een demon. Maar de uitgever zei: "Nog zo'n boek".
Hij deed zijn donkere bril af en verborg zijn gezicht in zijn handen. 'Het is een verschrikking geworden, een kwelling. Ik had het plotseling niet meer. Het was op, uit, afgelopen. Er kwam niets meer. Wat ik ook probeerde, het ging niet. Mijn hoofd leek een grote, holle ruimte, met niets, absoluut niets. Ik had geen gedach-

ten meer, geen gevoel, geen inhoud. Ik was leeg, volkomen leeg.' Plotseling begon hij te snikken als een kind. Zijn lichaam schokte. Hij richtte zijn hoofd op. Zijn grote, betraande ogen blikten smekend naar De Cock. Zijn lippen trilden en zijn handen strekten zich bevend uit. 'Waar is Nanette?'

De Cock antwoordde niet. Hij keek de jongeman onderzoekend aan. Zonder de donkere bril was de gelijkenis met Christel van Daele onmiskenbaar; het blauw, de stand van de ogen.

'Waar is Nanette?'

De jongeman gilde bijna. *'Waar is Nanette?'*

De Cock bleef onbewogen. Zijn scherpe ogen registreerden iedere beweging. Hij zag hoe het lichaam steeds heviger begon te schokken, hoe de mond vertrok in nerveuze trillingen. Het was schrikwekkend, angstaanjagend. Het gezicht ontkleurde tot een haast marmerwit masker. Klam zweet perste uit de poriën.

'Nanette!' Het klonk als een noodkreet.

Hij stond geagiteerd van zijn stoel op en begon wild om zich heen te slaan. Zijn bewegingen waren als van een man die in een donkere, diepe poel dreigt te verzinken en angstig grijpt naar een reddingsboei die te ver van hem is weggedreven.

Vledder vatte De Bougaerde van achteren om zijn middel vast; sprak tegen hem, dwingend, overtuigend, kalmerend. Het hielp niet. De jongeman bleef schreeuwen, uitzinnig, het schuim op de mond.

'Na-nette . . .'

Vanaf zijn plaats bij het gaskomfoor keek De Cock toe. Hij greep niet in. Hij wist dat het geen nut had, dat het toch niet lang meer zou duren.

De Bougaerde zwaaide nog even; een groteske beweging zonder zin. Toen verslapten zijn spieren. De ogen verglaasden. Het hoofd viel schuin weg. Uit zijn borst ontsnapte een zucht. Heel langzaam gleed het lichaam uit de armen van Vledder.

6

De onaandoenlijke broeders van de Geneeskundige Dienst zeiden niet veel. Ze legden het slappe, uitgeputte lichaam van Floor de Bougaerde op de brancard, schikten een deken over hem heen en sjorden de riemen vast. Daarna namen ze hem voorzichtig op en droegen hem door de lange gang. Rechtstandig manoeuvreerden ze de brancard langs de smalle wenteltrap vanaf de tweede etage naar beneden. Het ging allemaal simpel, gemakkelijk, getuigend van grote routine.
De Cock liep mee naar beneden.
Achter de balie maakte de brigadier-wachtcommandant een vage beweging in de richting van de brancard en trok zijn wenkbrauwen op.
'Hee, De Cock,' zei hij zacht grijnzend, 'wat moet ik in mijn dagelijks rapport zetten? Weer een slachtoffer van een verhoor in de derde graad?'
De Cock kon het wrange grapje niet erg best waarderen.
'Zet maar: "Man onwel, vermoedelijk ten gevolge van vergiftiging door overmatig gebruik van verdovende middelen".'
De wachtcommandant snoof.
'Het spul zal wel zijn uitgewerkt. Dat is het. De nekslag komt altijd achteraf.' Hij keek naar het witte gezicht op de brancard en schoof zijn onderlip vooruit. 'Ze zeggen dat je medelijden met ze moet hebben, dat zeggen ze. Het zal wel zo zijn.' Het klonk niet overtuigend. 'Hoe kwam hij eigenlijk hier?'
'Hij is bij jou aan de balie gekomen, herinner je je nog? Je hebt hem zelf naar boven gestuurd,' antwoordde De Cock.
De wachtcommandant trok een denkrimpel in zijn voorhoofd.
'Je hebt gelijk,' zei hij, 'die bleke met die donkere bril. Ik heb nog met je gebeld.' Hij pakte een kladbloc en dicteerde zichzelf. 'Man eigener beweging aan dit bureau verschenen en per ambulancewagen van de Geneeskundige Dienst overgebracht naar . . .'
Hij keek naar de wachtende broeders. 'Waar gaat hij heen?'
Ze zetten de brancard even aan de grond.
'Het Wilhelmientje,' antwoordde de oudste.

‘. . . het Wilhelminagasthuis,’ schreef de wachtcommandant.
‘Wat denkt u?’ vroeg De Cock. ‘Zullen ze hem daar in het ziekenhuis houden of sturen ze hem als hij bijkomt straks zo weer weg?’
De oude broeder schudde het hoofd.
‘Hij blijft wel een paar dagen in observatie. Als het erg is, houden ze hem voor een ontwenningskuur. Dat is zo gebruikelijk bij die klanten.’
‘En dan?’
‘Steeds maar hopen dat ze het spul nooit meer in handen krijgen. Anders is het zo weer mis.’ De andere broeder knikte instemmend. Ze namen de brancard weer op en liepen het bureau uit. De ambulance wagen stond klaar met open achterdeuren. Een agent hielp bij het inladen.

Toen De Cock in de recherchekamer terugkwam, rook het er naar koffie. Vledder had het restje poederkoffie in de la van De Cocks bureau ontdekt en twee koppen klaargemaakt.
‘Is hij weg?’
De Cock ging achter zijn bureau zitten. Met beide handen aan het kopje begon hij aan de koffie te slurpen. Zijn gedachten waren bij Floor de Bougaerde, bij zijn verslaafdheid en wild geuit verlangen naar zijn nicht. De kreet *Na-nette* klonk nog na; resoneerde tegen zijn schedeldak.
‘Is hij weg?’ herhaalde Vledder.
De Cock knikte.
‘Ze brengen hem voorlopig naar het Wilhelminagasthuis ter observatie. Misschien geven ze hem wel een ontwenningskuur, als hij tenminste zelf wil meewerken. Het is in feite de enige therapie.’
Vledder zuchtte. ‘Begrijp je dat nou? Zo’n begaafde, intelligente kerel. Je zou toch verwachten dat zo’n man wel weet wat uiteindelijk de gevolgen zijn. Als je ermee doorgaat, ga je naar de bliksem, onherroepelijk.’
De Cock zette zijn kop neer.
‘Als je ermee doorgaat . . .’ herhaalde hij langzaam.
‘Wat bedoel je?’
‘Net wat ik zeg, als je ermee doorgaat. Zie je, niemand heeft vooraf het plan ermee door te gaan. Een ieder denkt dat het

gevaar van verslaving voor hem of haar niet geldt. Men begint eraan, om welke reden dan ook, en beschouwt het als een remedie tegen een tijdelijk ongemak, een pijn, lichamelijk of geestelijk, zoals bijvoorbeeld het ontbreken van inspiratie.'
Vledder keek verrast op. 'Denk je dat Floor de Bougaerde om die reden zijn heil in morfine heeft gezocht?'
De Cock trok zijn schouders op.
'Ik weet het niet. Ik weet het echt niet. Het kan zijn. We weten nog te weinig van onze vriend om daarover al iets zinnigs te kunnen zeggen. In ieder geval is hij reeds geruime tijd verslaafd. Gezien zijn lichamelijk verval schat ik op minstens een jaar. Misschien nog wel langer. Het lijkt mij het beste dat wij morgen eens contact opnemen met de dokter die hem in het ziekenhuis behandelt. Intussen kunnen wij ons bezighouden met een uiterst belangrijke vraag.'
'Vraag?'
De Cock knikte.
'Langs welke weg kreeg Floor de Bougaerde zijn morfine?'
Vledder haalde nonchalant zijn schouders op.
'In de buurt van de walletjes en de Zeedijk lijkt mij dat nou niet zo moeilijk. Daar liggen contacten genoeg. Ik denk dat Floor de Bougaerde juist naar de Achterburgwal is getrokken om dichter bij de bron te zijn. Wat heeft hij anders in de buurt te zoeken?'
De Cock antwoordde niet direct. Met zijn handen onder zijn kin, de beide ellebogen steunend op zijn bureau, keek hij een tijdje peinzend voor zich uit. Een plotselinge gedachte hield hem bezig.
'Weet je,' zei hij na een poosje, 'verslaving brengt de mensen vaak tot de meest dwaze dingen. Soms komen zelfs de zachtmoedigsten tot daden van geweld. Als ze hun behoefte aan verdoving niet kunnen stillen, als het middel buiten hun bereik blijft, zijn zij tot alles in staat, als het moet tot moord.'
Vledder keek De Cock verwonderd aan.
'Je denkt toch niet dat Floor . . .' Hij maakte zijn zin niet af.
'Wat?'
'Je denkt toch niet dat Floor de Bougaerde iets met de verdwijning van Nanette heeft te maken?'
'Vind je die gedachte zo vreemd?'
'Nou nee, maar . . .'

De Cock stond van zijn stoel op en begon door de recherchekamer te stappen. In de cadans van zijn waggelende tred lieten zijn gedachten zich gemakkelijker ordenen.
'Wat deed Floor de Bougaerde,' sprak hij bijna docerend, 'toen hij zich hier onrustig begon te voelen?'
Vledder antwoordde haast mechanisch. 'Hij begon te roepen.'
'Juist! En om wie?'
'Nanette.'
'Waarom?'
Vledder haalde zijn schouders op. 'Om . . . omdat hij haar nodig had?'
'Waarvoor?'
'Dat weet ik niet.'
De Cock bleef voor de stoel van Vledder staan.
'Wat had Floor de Bougaerde, gezien zijn verslaving, op dat moment in feite nodig?'
'Een dosis morfine.'
De Cock knikte goedkeurend. 'En wat riep hij?'
'Nanette.'
De ogen van de jonge Vledder begonnen plotseling te glinsteren.
'Fantastisch, ja, hij riep Nanette, maar hij bedoelde morfine.'
De Cock stak zijn wijsvinger omhoog. 'En wat betekent dit?'
'Dat betekent,' zei Vledder ernstig, 'dat in de gedachtensfeer van Floor de Bougaerde de begrippen morfine en Nanette heel nauw met elkaar zijn verweven. Er is haast geen onderscheid.'
De Cock liet zich weer in zijn stoel achter zijn bureau zakken.
'Anders gezegd: Nanette verzorgde de morfine.'
Vledder schudde zuchtend het hoofd.
'Allemensen,' zei hij, nog verbijsterd door de snelle tuimeling van gedachten, 'Nanette de Bougaerde, de zoete madelief uit De Drie Rooskens, handelde heel opgewekt in morfine.'
'Ho, ho, jonge vriend, nu draaf je te ver door. Zij bezorgde haarneef Floor de Bougaerde zijn morfine. Daar kunnen we wel van uitgaan. Maar of zij - zoals jij veronderstelt - *heel opgewekt* in dat spul handelde, weten we niet. Het lijkt mij vooralsnog een wat voorbarige conclusie.'
Vledder grijnsde.
'Voorbarig? Geloof maar gerust dat Floor de Bougaerde heel diep

in zijn beurs heeft moeten tasten. Je neemt toch niet aan dat Nanette hem de morfine voor niets leverde?'
De Cock plukte aan zijn onderlip.
'Voor niets, nee. In de zwarte handel voor narcotica worden fikse prijzen gevraagd. Toch geloof ik niet dat Nanette uit winstbejag handelde. Je weet wat Christel van Daele zei: Nanette interesseerde zich niet voor geld. Het liet haar koud.'
'Ja, ja,' zei Vledder enthousiast, 'dat zei Christel van Daele. Maar in hoeverre is zij te vertrouwen? Misschien is dat hele bloemenwinkeltje De Drie Rooskens wel een geraffineerde dekmantel voor een uitgebreide smokkelhandel in verdovende middelen.'
De Cock begon hartelijk te lachen.
'Met een veld vol wilde papavers achter het Blauwe Erf en een lekker opiumdistilleerderijtje, zolang even geleend uit De Drie Fleschjes.' Vledder trok een beteuterd gezicht. De spottende toon van De Cock bekoelde zijn enthousiasme. 'Nou ja,' zei hij haast schuchter, 'het was maar een veronderstelling.'
De Cock grinnikte.
'Trek het je niet aan. Het was van mij ook maar een grapje. Je had volkomen gelijk. Die bloemenwinkel zou inderdaad een handige camouflage kunnen zijn. Maar ik geloof er niet in. Ik kan mij natuurlijk vergissen, maar ik geloof niet in een uitgebreide handel in morfine. Dat vergt een andere instelling, sluwer, gewetenlozer. Ik ben vanmiddag in De Drie Rooskens geweest. Ik heb mij door Christel van Daele laten rondleiden. Ik heb met haar gesproken . . .' Hij glimlachte zachtjes voor zich uit. 'Het was soms opwindend. Christel van Daele is een bijzonder aantrekkelijke vrouw, weet je. Vooral in de sfeer van haar eigen omgeving.' Hij staarde wat dromerig voor zich uit, geboeid door zijn herinneringen.
Vledder keek zijn leermeester onderzoekend aan. 'En?'
De Cock keek wat verstrooid op.
'O, niets, nee. Ik ben niet veel verder gekomen. Ik weet althans niet meer dan wij vanmorgen reeds wisten . . .'
Vledder grijnsde breed.
' . . . Nanette de Bougaerde is verdwenen en de aantrekkelijke Christel van Daele denkt het ergste . . . Zo is het toch?'
'Ja, m'n jong, zo is het.'

Op dat moment rinkelde de telefoon.
Vledder pakte de hoorn op.
'Spreek ik met rechercheur De Cock?'
'Nee, een ogenblikje.'
Hij reikte de hoorn over. 'Het is voor jou.'
De Cock schoof zijn stoel iets bij. 'Hier De Cock . . . Met wie?'
'Dat doet er niet toe,' zei de stem aan de andere kant van de lijn. 'Ik wil u alleen wat op weg helpen.'
'Op weg . . . waarmee?'
'Dat zult u wel merken, meneer De Cock. Ik raad u aan eens te gaan kijken op de Spiegelgracht.'
'De Spiegelgracht?'
'Ja, de stille zijde van de Spiegelgracht.'
'Wat is daar te zien?'
Het was even stil aan de andere kant van de lijn; een pauze voor overwegingen.
'U hebt geen belangstelling voor antiek?'
'Nee, niet bepaald.'
'Dan wordt het tijd dat u uw instelling eens verandert. Geloof me, het loont de moeite. Goedenavond, meneer De Cock.'
'Goedenavond . . . eh.'
De verbinding was verbroken.
Met de hoorn in de hand bleef De Cock een paar seconden peinzend staan. Op de rommelige zolderkamer van zijn geheugen zocht hij naar de stem . . . naar een herkenningspunt. Hij vond echter niets wat erop leek. Het toe-toet van de in-gesprek-toon verbrak zijn overpeinzingen. Zachtjes legde hij de hoorn op het toestel terug.
'Wie was het?' vroeg Vledder belangstellend.
De Cock haalde zijn schouders op.
'Een onbekende minnaar van antiek, geloof ik. Hij raadde mij aan eens te gaan kijken op de stille zijde van de Spiegelgracht.'
'Waarnaar?'
'Antiek, denk ik. Op de Spiegelgracht zijn namelijk aan beide zijden een aantal zaakjes waar antiek of wat daar voor doorgaat, wordt verkocht.' Hij stond van zijn stoel op en waggelde naar de kapstok. 'We moesten er maar eens gaan kijken.'
Vledder keek hem verwonderd aan. 'Nu direct?'

‘Ja, waarom niet?’
Vledder zuchtte.
‘En als het maar een grap is?’
De Cock maakte een hulpeloos gebaartje.
‘Dan bezorgen we althans iemand een vrolijke avond.’

7

De Cock reed door de oude binnenstad van Amsterdam. Behendig, brutaal als een taxichauffeur, friemelde hij zijn oude Volkswagen langs de opgetaste verkeersobstakels. Hij had er kennelijk plezier in. Om zijn lippen dartelde een vrolijke glimlach. Hij hield van het onbekende. Het trok hem aan, onweerstaanbaar. Daarom was hij ook onmiddellijk op de vreemde tip ingegaan. Feitelijk wat onbezonnen, als een jeudig avonturier. Hij vroeg zich af wat hij op de Spiegelgracht zou vinden, wat de geheimzinnige tipgever wilde dat hij zou vinden. Hield het verband met de verdwenen Nanette?

Vanaf de Raadhuisstraat reed hij linksaf de Keizersgracht op, wachtte geduldig op het rode licht van de Leidsestraat en parkeerde uiteindelijk zijn wagentje aan de walkant tussen de bomen van de gracht, een meter of tien van de hoek van de Nieuwe Spiegelstraat. Hij deed de lichten uit en draaide het contact af.

Vledder zat onderuitgezakt naast hem. De knieën tegen het dashboard gedrukt. Zijn jonge gezicht had een wat norse uitdrukking. Hij toonde weinig lust om uit te stappen. De Cock keek hem van terzijde aan.

'Wat is er, m'n jong?' zei hij vriendelijk. 'Was je toch liever naar je afspraakje gegaan?'

Vledder drukte zich overeind. 'Dat is het niet. Dat weet je wel. Ik ben bereid om desnoods dag en nacht met je op pad te gaan, overal heen, al was het naar Spitsbergen.'

De Cock grijnsde breed. 'Hoe loyaal.'

Vledder draaide zich bruusk naar hem toe.

'Loyaal, ja, loyaal, dat ben ik. Loyaal en openhartig. Zie je, ik pas geen gore recherche-streekjes op mijn eigen collega's toe.'

De Cock keek hem verwonderd aan. 'Recherche-streekjes?'

'Ja, recherche-streekjes. Als jij met alle geweld had willen weten hoe het tussen mij en dat meisje staat, dan had je dat gewoon aan mij kunnen vragen. Het was helemaal niet nodig geweest daarvoor nogal doorzichtige verhoortrucjes te gebruiken.' Hij imiteerde De Cocks stem. 'Draagt ze slipjes met dagaanduiding?' Hij snoof.

'Wat interesseert het jou wat voor slipjes Celine draagt?'
De Cock onderdrukte met moeite een bulderende lach.
'O, o,' zei hij, 'heet ze Celine?'
'Ja,' antwoordde Vledder scherp. 'En ze is helemaal niet het soort meisje dat jij denkt.'
De Cock draaide zich half om en legde vertrouwelijk een hand op Vledders schouder.
'Luister eens goed, mijn jong,' zei hij vaderlijk overtuigend. 'Ik had met die slipjes-vraag geen oneerbare of oncollegiale bedoelingen. Dat moet je voorlopig maar van mij aannemen. Ik leg je dat later nog wel eens uit. En wat dat meisje van jou betreft, het zal beslist een lief kind zijn. Ze heeft je in ieder geval al aardig gestrikt. Ik zou eerlijk gezegd wel eens kennis met haar willen maken.'
Vledder keek hem wat wantrouwend aan. 'Meen je dat?'
De Cock knikte. 'Je moest haar maar eens aan mij voorstellen,' zei hij. 'Bijvoorbeeld aanstaande zondag, bij mij thuis. Ik zal dan mijn vrouw opdracht geven er een waar feest van te maken.'
De uitdrukking op het gezicht van de jonge Vledder veranderde. Het kreeg ineens een zonniger aanzien.
'Dat doen wij,' riep hij enthousiast. 'Beslist, dat doen wij. Wij komen. Daar kun je op rekenen. Wij komen.'
De Cock keek hem aan, de wenkbrauwen gefronst.
'Als je het mij vraagt,' zei hij langzaam, 'dan is dit de grote liefde.'
'Hoezo?'
'Je spreekt nu al in de pluralis majestatis.'
'In wat?'
De Cock grinnikte.
'Pluralis majestatis, een ziekte. Na vijftig jaar huwelijk beslist ongeneeslijk.'

Er was geen mens te zien op de Spiegelgracht. Geen mens. Aan de drukke, geasfalteerde kant gleed zo nu en dan een auto voorbij, haastig, knipperlichtend bij de hoeken van de gracht. De stille zijde lag totaal verlaten.
Vledder en De Cock hadden zich planmatig gescheiden. Voorzichtig, op alles voorbereid, naderden zij ieder van een kant. Er

was niets wat hun aandacht trok. Ongeveer op de helft van de gracht ontmoetten zij elkaar.
Vledder haalde zijn schouders op. 'Niets, helemaal niets. Ik geloof toch dat iemand een grap met ons heeft uitgehaald.' Hij gebaarde om zich heen. 'Misschien zit hij wel hier ergens boven achter een donker raam naar ons te gluren. Wie zal het zeggen?'
De Cock schoof zijn hoedje naar achteren.
'Ik geloof niet in een grap,' zei hij ernstig. 'We hebben hier tot nu alleen wat rondgekeken. De stem zei dat wij belangstelling moesten tonen voor antiek. Dat hebben we nog niet gedaan.'
'Wat wil je dan?' vroeg Vledder. 'Hier al die winkeltjes gaan bekijken?'
De Cock knikte. 'Er zit niet veel anders op.'
Vledder begon zachtjes te grinniken.
'Waar wil je dat ik op let? Gammele, oude petroleumlampen, kastjes met artistieke houtwurmen, fraaie bedwarmers, zilveren kandelabers of beeldige snotneusjes? Je zegt het maar.'
De Cock keek zijn pupil licht verwijtend aan.
'Denk nu eens goed na,' zei hij geduldig. 'Als dit een serieuze tip is, en daarvan ga ik uit, dan heeft de tipgever daar iets mee voor. Hij wil dat wij iets te weten komen, iets zien.'
Vledder maakte een grimas. 'Begrijpelijk. Maar wat?'
'Heel eenvoudig. Iets wat voor ons onherkenbaar is, waarvan de tipgever verwacht dat wij het belang ervan inzien. Begrijp je, het moet een voor ons herkenbare aanwijzing zijn, in welke richting dan ook. Anders heeft de tip geen enkele zin. Duidelijk?'
Vledder knikte. 'Volkomen.'
'Mooi. Begin jij dan vanaf de Prinsengracht, dan pak ik de andere kant. Geef je ogen goed de kost. Bekijk alle uitgestalde voorwerpen één voor één en probeer je te realiseren of ze voor ons een aanwijzing kunnen inhouden. Als je iets ziet wat op een of andere manier je aandacht trekt, roep me dan.'
'Okee, boss.'
Ze liepen van elkaar weg en begonnen ieder aan een kant van het korte grachtje. Langzaam schuifelden zij van het ene antiekzaakje naar het andere. Een bonte kaleidoscoop van oude voorwerpen trok aan hun ogen voorbij, rommelig opgetast in stoffige etalages en lage keldertjes. Ongeveer op de helft van het oude grachtje

ontmoetten zij elkaar weer.
'En?'
Vledder schudde mistroostig het hoofd.
'Ik heb niets bijzonders gezien. Jij?'
De Cock streek met zijn hand langs zijn breed gezicht.
'Nee,' zei hij somber, 'ik ook niet. Weegschalen, doofpotten, bloembakken, lantaarns en weer doofpotten. Het is telkens weer dezelfde rommel.'
Vledder lachte.
'Kom!' zei hij aanmoedigend, 'laten we naar huis gaan.'
Hij vatte hem bij de arm en probeerde hem mee te trekken.
'Er is morgen een nieuwe dag. Ik vind dat het voor vandaag weer mooi genoeg is geweest.' Hij keek op zijn horloge. 'Het is al over half twaalf.'
De Cock liet zich niet meetrekken. Hij bleef staan, koppig, en krabde onder zijn hoedje.
'Er moet iets zijn,' riep hij geprikkeld. 'Het moet. Dat telefoontje was niet voor niets. Het had een bedoeling. Beslist. Ik ben oud genoeg om die dingen uit elkaar te houden. Het is geen grap.' Hij klemde zijn lippen op elkaar. 'Weet je,' zei hij verbeten, 'we gaan gewoon verder. Ik neem de winkeltjes die jij al hebt bekeken en jij neemt de mijne. Begrepen? Het kan niet anders, we hebben vast iets over het hoofd gezien.'
'Okee, boss,' zei Vledder verveeld.
De Cock keek naar hem op.
'Nog één keer *Okee, boss,*' zei hij plotseling scherp, dreigend, 'en ik trek mijn pistool.'
Vledder schrok van de veranderde toon. 'O . . . eh, Okee . . . eh . . .'
De Cock grijnsde om de reactie.
'Kom, m'n jong,' zei hij ineens veel vriendelijker, 'laten we het nog een keer proberen. Als het weer niets is, gaan we naar huis.'
Ze scharrelden opnieuw langs de antiekzaakjes aan de stille zijde van de Spiegelgracht, aandachtig, turend naar iets wat belangrijk moest zijn, zo belangrijk, dat iemand had gemeend de recherche te moeten inlichten. Wie? En waarom zo geheimzinnig?
De Cock dacht erover na. Als hij wist wat de onbekende tipgever beoogde, dan wist hij ook waarnaar hij moest zoeken, wat er te

vinden was. Terwijl zijn blik door de etalages dwaalde, werkten zijn hersenen op volle toeren, zocht zijn willig brein naar een antwoord. Maar het was een wilde actie, ongebonden, ongecontroleerd, als een computer zonder programmering.
Midden in zijn overpeinzingen schrok hij op. Ineens. Vledder stond naast hem en tikte op zijn schouder.
'Kom mee,' zei hij ernstig, 'ik geloof dat ik wat heb.'
'Waar?'
'Wat verderop.'
De Cock volgde zijn leerling gedwee. Voor een oud grachthuisje met een blauwe stoep bleef Vledder staan en wees schuin omhoog. Er was eigenlijk geen sprake van een echte etalage. Er was alleen een wat schaars verlicht vertrek, waarin allerlei oude zaken stonden uitgestald. De Cock had dezelfde uitstalling bij zijn eerste tocht langs de winkeltjes al bekeken en niets bijzonders ontdekt. Hij keek langs de wijzende arm van Vledder.
'Wat bedoel je?'
'Dat schilderij.'
'Waar?'
'Aan de muur, boven die antieke pistolen.'
De blik van De Cock gleed omhoog. Ineens zag hij wat de jonge Vledder bedoelde. Het was een groot, enigszins duister schilderij, gevat in een brede, zwaar vergulde lijst, fraai versierd met kunstige arabesken. Het doek was heel fijn geschilderd in een figuratieve, heel eenvoudige stijl, waarbij de contouren langzaam ver vaagden in een achtergrond van somber blauw en innig purper. Het schilderij boeide ongemeen en De Cock begreep niet waarom het hem de eerste keer niet was opgevallen.
Het was een naakt, zittend op een korte, ouderwetse rustbank van rood pluche, waarvan de golvende rugleuning was afgezet met een gestileerde, zwarte, houten rand. Het figuur van de jonge vrouw was met een oneindige tederheid geschilderd. De nuances in het zwakke roze van de huid en de zachte glans van het lange, golvende haar getuigden van een innige bewogenheid en liefdevolle aandacht voor het object. Hoewel het naakt gedetailleerd was afgebeeld, was er toch geen sprake van enige prikkeling of extase.
Integendeel, het beeld weerspiegelde een intense rust, een serene, haast ingetogen kuisheid.

Mateloos geboeid onderging De Cock de impressies van de kleur. Zijn blik volgde iedere lijn van het schilderij: de lange, slanke hand, rustend op de knie; de zoete welving van de borsten; de zachte kromming van de rug; het lange, gouden haar als omlijsting van een lief gelaat, een gelaat dat hem trof door de herkenning, maar meer nog door de droeve uitdrukking van de ogen.
'Nanette,' fluisterde hij zacht.
Vledder ademde diep. 'Ja,' zuchtte hij, 'Nanette de Bougaerde, dat moet de tipgever hebben bedoeld.'
Een tijdlang keken ze beiden zwijgend toe. Hun neuzen bijkans tegen het glas gedrukt. Het fraaie schilderij hield hen sprakeloos in zijn ban.
Vledder was de eerste die het zwijgen verbrak.
'Ik vraag mij af,' zei hij zacht, 'wie haar zo somber heeft geschilderd.'
De Cock antwoordde niet. Hij staarde wat wezenloos voor zich uit. Zijn grof gezicht had geen expressie.
'Dat is het,' zei hij na een poosje, 'dat is het precies.'
Vledder keek hem verwonderd aan. 'Wat?'
'Het sombere naakt, ik kan geen betere naam voor het doek bedenken.'

De Cock was op de blauwe stoep voor de deur van het antiekzaakje gaan zitten, breeduit, onverzettelijk, als een menselijke Cerberus met de markante kop van een goedaardige bokser.
Vledder stond voor hem. Vanuit de hoogte keek hij op zijn oude leermeester neer. De wenkbrauwen gefronst.
'Je bent toch niet van plan,' zei hij met een lichte achterdocht, 'om hier de rest van de nacht te blijven zitten.'
De Cock liet het hoofd in zijn handen rusten. De ellebogen steunend op de knieën.
'Ik moet dat schilderij hebben,' zei hij gelaten. 'Ik moet het hebben, hoe dan ook. Ik wil weten wie dat doek heeft geschilderd.'
Hij kwam langzaam overeind, pakte zijn boekje en noteerde van het raam de naam en de telefoonnummers van de antiquair.
'Het is jammer,' zuchtte hij, 'dat de goede man niet bij of achter zijn zaak woont. Dan hadden we hem direct bij de hand gehad.'
Hij wenkte naar Vledder. 'Kom mee, we gaan hem eens bellen.'

'Nu nog?'
'Waarom niet? Antiquairs, heb ik mij laten vertellen, gaan altijd heel laat naar bed.'
Ze reden langs stille straten en grachten terug naar het politiebureau aan de Warmoesstraat. Daar vatte De Cock de telefoon en draaide het nummer van de antiquair. Het duurde geruime tijd voordat de hoorn werd opgenomen.
'Met Van Grefelen,' zei een slaperige stem.
'Met De Cock, De Cock met ceeooceekaa, rechercheur van bureau Warmoesstraat.'
'Recherche?'
'Ja, schrikt u niet. Ik wil u alleen zeggen dat ik belangstelling heb voor dat sombere naakt, dat bij u in de zaak aan de Spiegelgracht hangt.'
'Belangstelling?'
'Ja, ik had graag dat u het nog niet verkocht. Ziet u, ik wilde het eerst eens goed bekijken. Ik kom morgen bij u aan de zaak.'
Het was even stil aan de andere kant van de lijn.
'Zeg, meneer De Cock, is er iets met dat schilderij?'
'Hoezo?'
'Wel . . . eh, u bent al de tweede die mij er vanavond over belt.'
'De tweede?'
'Ja, er was een wat opgewonden man die het schilderij ongezien wilde kopen, ongeacht de prijs. Ik vond het een wat vreemd gedoe zo door de telefoon en daarom ben ik er niet serieus op ingegaan.'
'Wie was die man? Weet u dat?'
'Ja, ik weet het. Een ogenblikje. Ik heb zijn naam hier ergens op een briefje.' Er volgden een paar eeuwigdurende seconden. Toen kwam de antiquair terug. 'Hier,' zei hij, 'hier heb ik het, Ter Wielingen, journalist.'

8

Toen De Cock de volgende morgen – te laat, zoals al vele jaren zijn trouwe gewoonte was – de recherchekamer van het oude politiebureau aan de Warmoesstraat binnenkwam, liep Vledder haastig op hem toe.
'Floor de Bougaerde,' sprak hij opgewonden, 'is vannacht uit het ziekenhuis ontvlucht en de commissaris wil dat je onmiddellijk bij hem komt.'
De Cock knikte hem vriendelijk toe.
'Goedenmorgen,' riep hij stralend opgewekt. 'Goed geslapen?'
Vledder slikte. 'Floor de Bougaerde is vannacht uit . . .'
De Cock liep hem onverstoord voorbij.
'Is de koffie al bruin?'
'Ja, dat . . . eh, dat zal wel, maar . . .'
'Mooi . . .' galmde De Cock uitbundig, 'heel mooi.'
Hij liep naar zijn bureau, pakte zijn kop en schotel uit zijn la en schonk zich bedaard in. Zoals de meeste oudere rechercheurs onderhield De Cock de gulden Amsterdamse regel: een recherchedag begint met koffie. Het was een slogan waaraan eenvoudig niet viel te tornen. Het verprutsen van een pittige moordzaak was, bij wijze van spreken, niet zo schokkend als het doorbréken van dit door de traditie zo geheiligd speurdersgebruik.
De Cock roerde een berg suiker door zijn koffie en ging er eens goed voor zitten. Koffie was voor hem een soort tonicum, een kracht en inspiratie schenkend elixer. Hij genoot ervan met volle teugen. Naast zijn bureau stond een popelende Vledder. De Cock keek naar hem op en genoot van zijn onrust.
'Wat is er, jongen,' vroeg hij quasi-verbaasd, 'heb je nog geen koffie gehad?'
Vledder snoof.
'Koffie, koffie,' zei hij humeurig, brommerig, 'altijd eerst koffie. De commissaris zei dat je *onmiddellijk* bij hem moest komen en niet na een uitgebreide koffiepauze.' Hij maakte een korzelig gebaar. 'Bovendien dacht ik dat je de ontvluchting van Floor de Bougaerde uit het ziekenhuis wel belangrijk zou vinden.'

De Cock dronk behaaglijk verder.
'Luister nou eens,' zei hij, terwijl hij zijn kopje even neerzette, 'uit een ziekenhuis ontvlucht men niet. Een ziekenhuis is geen gevangenis. Men kan zeggen dat Floor de Bougaerde blijkbaar geen prijs stelde op een verdere geneeskundige behandeling.'
'Dat komt op hetzelfde neer. In ieder geval is Floor de Bougaerde in zijn pyjama uit een raam gesprongen en de straat op gerend. De bemanning van een surveillerende politiewagen zag hem vanmorgen vroeg bij het Leidsebosje lopen. Een man in nachtgewaad trok natuurlijk onmiddellijk de aandacht.'
'En?'
'Ze hebben hem in de wagen genomen en naar hier, naar bureau Warmoesstraat gebracht.'
De Cock keek verwonderd op.
'Naar de Warmoesstraat? Waarom brachten ze hem niet direct terug naar het ziekenhuis?'
'Dat wilde hij niet. Hij wilde per se niet terug naar het ziekenhuis voordat hij jou had gesproken.'
'Mij?'
'Ja, hij zit beneden op je te wachten.'
De Cock dronk zijn kop in één teug leeg en stond op. 'Kom,' zei hij, 'laten we eens gaan horen wat Floor te vertellen heeft.'
Vledder keek hem verbaasd aan. 'En de commissaris dan?'
De Cock wees naar de grote klok in de recherchekamer.
'De commissaris heeft nu voor mij geen tijd.'
'Geen tijd?'
De Cock schudde zijn hoofd.
'Het is tien uur. De commissaris zit aan de koffie.'

Ze hadden hem naar het verhoorkamertje gebracht en daar zat hij, Floor de Bougaerde, zielig, bibberend, met zijn rug tegen de elektrische radiator. Hij zag er potsierlijk uit in een slobberig drenkelingenpak en een oud uniformjasje van de politie met drie zilveren strepen. Een vriendelijke diender had het hem gegeven, uit medelijden, omdat hij het zo koud had en het rillen maar niet wilde ophouden.
Het had niet geholpen. Floor de Bougaerde werd niet warm. Het rillen bleef. Triest, ineengedoken, met opgetrokken knieën, zat hij

somber voor zich uit te staren.
De Cock schoof een stoel bij en ging er achterstevoren op zitten, zijn armen rustend op de rugleuning. Hij had het onbestemde gevoel dat de zieke jongeman voor hem de sleutel vormde tot het raadsel Nanette. Hij wist alleen nog niet hoe het paste. Het was alles nog zo vaag, zo mysterieus, zo ongrijpbaar.
'Waarom bent u niet in bed gebleven? Het is dom om midden in de nacht in pyjama op straat te gaan.' De Cock sprak vriendelijk, zacht, als een zorgzame verpleger. 'Als u mij per se had willen spreken, dan was ik wel naar u toe gekomen.'
Floor de Bougaerde keek op. Het was alsof hij nu eerst de aanwezigheid van de rechercheurs opmerkte. Hij keek schichtig van Vledder naar De Cock.
'Waar is Nanette?'
De Cock haalde zijn schouders op.
'Dat weet ik niet. Nanette is verdwenen. Dat heb ik u gisteren toch al verteld?'
De jongeman likte met zijn tong langs zijn droge lippen. 'Ja,' zei hij toonloos, 'dat heeft u verteld, ze is verdwenen, Nanette, ze is verdwenen, u hebt het verteld, ze is . . .' Hij bleef het herhalen, wezenloos, monotoon, gevangen in een gedachtencirkel.
Ineens scheen hij zich van een ban te bevrijden. Zijn gezicht kreeg uitdrukking. Het wezenloze trok weg en veranderde in een wilde expressie van pure angst. Hij greep De Cock aan beide armen vast.
'U moet haar vinden, meneer De Cock,' sprak hij snel, hijgend. 'Zo gauw mogelijk. U moet haar vinden. Het moet.'
De Cock keek hem doordringend aan.
'Waarom?' vroeg hij scherp. 'Zodat zij u weer de nodige morfine kan verschaffen?'
De mond van De Bougaerde viel open. Daarna begon hij te grinniken, nerveus, dwaas. 'U weet . . . u weet dat Nanette mij . . .?'
De Cock knikte traag. 'Sinds gisteren.'
De Bougaerde draaide op zijn stoel, liet de armen van De Cock los en gebaarde driftig.
'Ma . . . maar,' stotterde hij, 'dan beseft u ook dat Nanette in groot gevaar verkeert. Dat elke minuut belangrijk is. Dat u geen moment mag verliezen. Dat u haar moet vinden voor . . . vóór het

te laat is.'
De Cock streek met zijn pink over de rug van zijn neus. 'Te laat?'
Het gezicht van De Bougaerde vertrok in woede.
'Ja,' gilde hij. 'Te laat. Er bestaat geen gewetenlozer volk dan handelaars in verdovende middelen. Dat moet u toch weten. Het is tuig, alles bij elkaar. Bloedzuigers, giftige slangen, hyena's.'
De Cock plukte aan zijn onderlip. 'Wie,' vroeg hij kalm, 'leverde Nanette de morfine die zij u bezorgde?'
Floor de Bougaerde haalde zijn schouders op.
'Dat weet ik niet,' antwoordde hij nukkig.
'Heeft ze er nooit met u over gesproken?'
'Nee, nooit.'
'En u heeft er nooit naar gevraagd?'
'Nee!'
De Cock zuchtte.
'U zult haar toch wel eens een naam hebben horen noemen?'
De Bougaerde aarzelde even.
'Nee!'
'Denkt u eens goed na.'
'Nee!' Hij gilde bijna.
De Cock kneep zijn lippen op elkaar. Hij voelde dat de jongeman loog, dat hij meer wist dan hij wilde zeggen. Langzaam stond De Cock op, greep De Bougaerde bij de revers van het uniformjasje en tilde hem van zijn stoel. 'Wat betaalde u Nanette per ampul?'
'Niets.'
De Cock verstevigde zijn greep en tilde de jongeman dichter naar zich toe. 'Wat,' vroeg hij dringender, 'betaalde je Nanette?'
Floor de Bougaerde slikte.
'Niets, echt niets. Ik, ik heb er haar nog nooit één cent voor gegeven.'
De Cock fronste zijn zware wenkbrauwen. 'Waarom niet?'
'Zij wilde geen geld.'
'Wat dan?'
De Bougaerde schudde vertwijfeld het hoofd.
'Niets!' schreeuwde hij. 'Niets. Ze wilde niets.'
De Cock snoof verachtelijk.
'Nanette, de zoete engel der barmhartigheid, schenkt gratis morfine aan hen die vermoeid en belast zijn.' Uit zijn stem droop een

puur sarcasme. 'Was het barmhartigheid? Of was het wat anders? Liefde bijvoorbeeld, louter liefde voor neef Floor. Was het dat?'
De Bougaerde draaide zijn hoofd weg en antwoordde niet.
De Cock wond zich op. 'Was het dat?' drong hij fel aan. 'Liefde?' Hij sprak het uit als een vloek.
De oogranden van de jongeman werden rood, de oogbollen wazig. Een hete traan gleed over zijn wang, drupte op de behaarde rug van De Cocks rechterhand. Het brandde in als een druppel gloeiend metaal.
De vaste greep van De Cock verslapte. Hij keek in het wasbleke gelaat van de jonge De Bougaerde, beschouwde de tranen, de zachte, enigszins weke gelaatstrekken en zag ineens hoeveel Floor op zijn zuster Christel leek. Het stemde hem milder.
'Ga weer zitten,' zei hij zacht. 'Een kop koffie?'
De Bougaerde trok het oude uniformjasje recht en liet zich langzaam op zijn stoel terugzakken. 'Ik heb liever een sigaret.'
De Cock hield hem zijn pakje voor.
'Ik ben wel eens wat onvriendelijk,' zei hij haast verontschuldigend, 'niet zozeer uit mijzelf, begrijpt u? Meer beroepshalve.'
Over het jonge gezicht van De Bougaerde gleed een spoor van een glimlach. Hij tilde zijn rechterarm omhoog, zodat de lange mouw van het uniformjasje terugviel, en pakte met trillende vingers een sigaret.
De Cock gaf vuur.
'Ik wil weten,' zei hij vriendelijk, 'waarom Nanette verdween. Misschien, misschien weet ik dan ook waar ik haar kan vinden. Ziet u, ik heb zo het vermoeden dat die twee dingen heel nauw met elkaar in verband staan. Het één staat niet los van het ander.'
Hij pauzeerde even, stak ook zelf een sigaret op en blies de rook naar de zoldering.
'Meneer De Bougaerde, een belangrijke vraag: Was nicht Nanette een hyena, een giftige slang, of een engel?'
Floor de Bougaerde antwoordde niet direct. Hij liet het hoofd iets zakken. Dacht over het antwoord na, zocht kennelijk naar een juiste formulering.
'De meeste mensen,' zei hij traag, nog peinzend, 'zijn vaak alles tegelijk, een wanstaltig beeld, een onvolmaakte compositie vol vreemde schrille tonen, dissonanten tussen goed en kwaad.'

‘En Nanette?’
Floor de Bougaerde deed een felle trek aan zijn sigaret. Door een mistige wolk van rook keek hij De Cock aan. De ogen iets vernauwd.
‘Nanette,’ zei hij met een grijns, ‘Nanette is een giftige slang in de gedaante van een engel.’
De Cock wreef met zijn hand langs zijn breed gezicht.
‘Een welhaast klassieke vermomming,’ zei hij met een licht sarcasme. ‘Heel oud. Al van den beginne toegepast.’ Hij maakte een wat loom gebaar. ‘De dochters van Eva hebben blijkbaar weinig fantasie.’
‘Alleen de appel werd morfine,’ grijnsde De Bougaerde.
De Cock keek hem een tijdje zwijgend aan. De bittere opmerking had hem getroffen. Na een poosje stond hij op en schoof zijn stoel weg.
‘We zullen u weer netjes terug laten brengen naar het ziekenhuis, meneer De Bougaerde. U moet mij natuurlijk wel beloven dat u er niet weer midden in de nacht vandoor gaat. De doktoren zien dat niet graag. Het is ook bepaald niet bevorderlijk voor uw gezondheid.’ Hij legde vertrouwelijk zijn hand op de tengere schouders van de jongeman. ‘U moet er wel aan denken dat u niet veel ruimte voor experimenten heeft.’
De Bougaerde keek naar hem op. ‘U bedoelt?’
‘Uw gezondheid is ernstiger aangetast dan u zelf vermoedt, meneer De Bougaerde. Een tweede nachtelijke tocht in pyjama kon voor u wel eens fataal zijn.’
‘Fataal?’
De Cock knikte met een ernstig gezicht.
‘En ik zag graag dat u bleef leven.’
De Bougaerde haalde wat nonchalant de schouders op. ‘Waarom?’
De Cock gebaarde. ‘Een jong en veelbelovend auteur . . .’
De Bougaerde slaakte een diepe zucht. ‘U spot met mij.’
De Cock schudde zijn hoofd.
‘Ik niet,’ zei hij plotseling scherp. ‘Ik spot niet met u, u spot met uzelf. U spot met uw eigen leven, en met dat van Nanette.’
‘Ik?’
‘Ja u,’ riep hij fel, ‘elk moment is kostbaar, heeft u gezegd. Het geldt nog steeds. Floor de Bougaerde, van wie kreeg Nanette de

morfine?'
'Ik . . . eh, ik weet het niet.'
'U weet het wel!'
De ogen van de jongeman vulden zich opnieuw met tranen.
'Echt, meneer De Cock,' zei hij smekend, 'gelooft u mij toch. Ik weet het niet. Ik weet het echt niet. Zo terloops heb ik haar in verband met de morfine slechts één keer een naam horen noemen: broeder Laurens. Het ontviel haar. Toen ik vroeg wie hij was, begon ze te lachen. Ze heeft het mij nooit gezegd.'
De Cock streek door zijn stugge, grijze haar.
'Broeder Laurens, wíé is broeder Laurens?'

9

Commissaris Buitendam, de lange, statige politiechef van het bureau Warmoesstraat, fronste zijn grijze, stoppelige wenkbrauwen toen De Cock nerveus en drukdoenerig zijn ruime werkkamer binnenstoof.
Het was een pose; haast een spel. En de commissaris wist het. Ze wisten het beiden. Onuitgesproken. Ze kenden elkaar al heel lang. Hun samenwerking dateerde uit een ver verleden. In de loop der jaren waren de beleefdheidsfrasen enigszins vervormd, gemoduleerd tot een komedie, een klucht, die zij beiden met ernst en waardigheid opvoerden.
'Ik moest onmiddellijk bij u komen?'
De commissaris glimlachte fijntjes. 'Ja, ruim anderhalf uur geleden.'
De Cock boog beschaamd het hoofd.
'Meneer, het is onvergeeflijk. Maar ik wilde u niet storen bij de koffie.'
De commissaris kuchte.
'Dat is heel vriendelijk van je, De Cock.'
'Tot uw dienst.'
De commissaris kuchte opnieuw.
'Ik neem echter aan, dat de koffie niet de enige reden is geweest.'
De Cock schudde het grijze hoofd en pakte een stoel.
'U staat mij toe?'
'Natuurlijk, De Cock, ga zitten en vertel.'
'Ik was bezig met een onderzoek.'
'In verband met het verdwenen meisje?'
'Inderdaad.'
De commissaris zocht tussen de papieren op zijn bureau.
'Daar wilde ik het juist met je over hebben. Ik heb dat telexbericht gelezen. Ik moet het hier ergens hebben liggen. Hoe was haar naam ook weer?'
'Nanette de Bougaerde.'
'O ja, Nanette de Bougaerde. Hier heb ik het.' De commissaris wapperde met het telexformulier. 'Hoe sta je ermee? Schiet je al

wat op?'
'Het is nogal een verwarde geschiedenis. Ik moet u heel eerlijk bekennen dat ik er weinig van begrijp. Het hoe en waarom van haar verdwijnen is voor mij nog volkomen een raadsel.'
'Aanwijzingen?'
De Cock krabde zich verlegen achter in zijn nek. 'Te veel, veel te veel. Dat is juist de moeilijkheid. Hoe verder mijn onderzoek vordert, hoe meer ik het gevoel krijg verder van de feitelijke oplossing weg te drijven. Ik weet dat het tegenstrijdig klinkt, maar het is zo.'
De commissaris knikte begrijpend.
'Wat dacht je van een pers- en radiobericht, en eventueel een oproep via de televisie?'
De Cock maakte een afwerend gebaar met beide handen.
'Nee, niet, liever niet. Althans nu nog niet. U weet hoe dat gaat. Zo'n oproep breekt de hel open, een niet te stuiten lawine van tips. De één heeft haar zien lopen in Roodeschool, de ander in Tuitjenhorn, de derde in Maastricht, de vierde in Bleskensgraaf. Daar is voorlopig geen beginnen aan. Als de zaak echt dood is, als er beslist geen muziek meer in zit, kunnen we het nog altijd doen.'
De commissaris knikte traag.
'Heb je enig vermoeden waar het meisje uithangt?'
'Nee, geen flauw idee.'
'Hoe lang denk je nog nodig te hebben om haar te vinden? Ik bedoel, als de officier vraagt . . .'
De Cock haalde zijn schouders op. 'Als ze nog leeft . . .'
De commissaris keek hem onderzoekend aan. 'Wat bedoel je?'
'Net wat ik zeg, als ze nog leeft. Ik houd er namelijk ernstig rekening mee dat Nanette de Bougaerde is overleden, vermoord.'
'Vermoord?'
De Cock streek met zijn hand langs zijn gezicht.
'Ja, vermoord. Het is in feite de enige redelijke verklaring die ik voor haar plotselinge verdwijning kan vinden.'
De commissaris keek peinzend voor zich uit.
'Moord, moord vraagt een motief.'
De Cock knikte.
'Motief, èn een lijk. Zolang wij Nanette de Bougaerde, dood of levend, nog niet hebben gevonden, valt er weinig positiefs te zeg-

gen. Het lijkt mij het beste dat ik voorlopig maar alle aanwijzingen verder onderzoek. We zullen dan wel zien waar we terechtkomen.'

'Dat is goed. Hou me op de hoogte.'

'Uiteraard.'

Ze stonden beiden op en slenterden naar de deur.

'Was . . . is die Nanette een mooi meisje?'

De Cock maakte een komisch gebaartje.

'Volgens de huidige opvattingen: ja. Maar Rubens zou er 's nachts niet van wakker hebben gelegen.'

De telefoon rinkelde. De commissaris draaide zich glimlachend om, pakte de hoorn en luisterde.

'Het is voor jou.'

De Cock nam de hoorn over en herkende de stem van antiquair Van Grefelen. Hij sprak sussend tegen een wat opgewonden stem op de achtergrond.

'Hallo.'

'Met rechercheur De Cock?'

'Ja.'

'Meneer De Cock, ik verzoek u onmiddellijk hier naar de zaak aan de Spiegelgracht te komen.'

'Hoezo onmiddellijk? Wat is er aan de hand?'

Van Grefelen slikte hoorbaar. 'Ik, ik heb hier een man die het schilderij opeist. U weet wel, dat sombere naakt.'

'Wat?'

'Ja, hij zegt dat het schilderij zijn eigendom is. Iemand moet het een paar dagen geleden uit zijn huis hebben gestolen, compleet met lijst en al.'

De Cock dacht snel na.

.Laat hem niet gaan. Houd hem vast!'

'Wie?'

'Die man natuurlijk. Ik ben zo bij u, een paar minuten.'

De Cock smeet de hoorn op het toestel en ging in draf de kamer uit. De oude commissaris staarde hem na. Verbaasd. De Cock wuifde ten afscheid.

In de gang bij de trap begon hij te schreeuwen. 'Vledder, Vledder!' Zijn zware basstem dreunde door het gebouw.

De bejaarde antiquair Van Grefelen stond handenwringend op het schone blauwe stoepje voor de deur van zijn zaak. Op zijn magere, wat ingevallen wangen lagen kleine blosjes van opwinding.
'Ik ben blij dat u er bent,' sprak hij opgelucht. 'Die man is wild, woedend.' De antiquair produceerde een zenuwachtig lachje. 'Hij wilde dat schilderij zomaar zonder meer meenemen en vloekte alle duivels uit de hel, toen ik hem zei dat hij op u moest wachten.'
'Waar is hij?'
'Nog binnen. Ik heb hem vastgehouden. Een van mijn bedienden staat bij hem om hem te bewaken.'
De Cock knikte goedkeurend. 'Mooi, heel mooi. We zullen eens horen wat meneer te vertellen heeft.'
Met Vledder en de nerveus-angstige antiquair in zijn kielzog stevende De Cock de zaak in; groot, breed, krachtig, een imposante gestalte in de broze omlijsting van antiek. Schuin achter in de zaak, naast een waakzame jonge bediende in een grauwe stofjas, stond een wat oudere man. Een goed geconserveerde vijftiger, schatte De Cock, met een door de zon gebruind gezicht en grijzend aan de slapen. De man was elegant gekleed, misschien iets te jeugdig, in een licht, hemelsblauw kostuum van bijzondere snit; modern, met een overdaad aan garnering. In het knoopsgat van zijn linkerrevers droeg hij een kleine, witte roos.
'Het is ongehoord, belachelijk!'
De Cock bleef voor de man staan, breeduit, onderzoekend, het hoofd een beetje scheef. Om zijn lippen dartelde een glimlach, speels, vrolijk, haast spottend.
'Mijn naam is De Cock, De Cock met ceeooceekaa. En dat is mijn collega Vledder. De heer Van Grefelen behoef ik u uiteraard niet voor te stellen.'
De man mompelde iets wat op een groet leek. Daarna gebaarde hij schuin naar boven, naar de muur.
'Mijn schilderij,' riep hij opgewonden, 'gestolen.'
De Cock negeerde de opmerking. Hij keek de man quasi-verbaasd aan. 'Ik geloof niet,' zei hij met een zoet sarcasme, 'dat ik al weet met wie ik het genoegen heb?'
De man zuchtte. 'Van Stuchteren, makelaar in effecten.'
De Cock schonk hem zijn beste glimlach.

'Aangenaam, meneer Van Stuchteren. U bent dus de man die beweert dat het schilderij hier aan de muur zijn eigendom is?'
'Inderdaad, mijn eigendom. Het schilderij is uit mijn huis gestolen.'
'Gestolen?'
'Ja.'
'En heeft u van die diefstal al aangifte gedaan?'
'Nee.'
'Waarom niet?'
'Eenvoudig omdat ik de diefstal nog niet had bemerkt. Ziet u, het schilderij hing in mijn huis aan de Keizersgracht. Door allerlei omstandigheden ben ik daar een paar dagen niet geweest.'
De Cock knikte begrijpend.
'Inbraak?'
'Nee, geen inbraak, het was gewoon weg. Toen ik gisteravond thuiskwam, zag ik in mijn woonkamer onmiddellijk de lege plek aan de muur. Ik miste het direct. Ziet u, ik ben persoonlijk nogal aan het schilderij gehecht.'
De Cock keek omhoog langs de antieke pistolen en liet zijn blik even op het schilderij rusten.
'Het is bijzonder fraai,' zei hij bewonderend. 'Hoe wist u zo gauw dat het hier in de zaak hing?'
Van Stuchteren aarzelde even. 'Iemand belde mij op.'
'Wie?'
'Dat . . . eh, dat weet ik niet.'
De Cock keek hem onderzoekend aan. 'Vreemd, vindt u niet?'
De man haalde zijn schouders op.
'Ik heb mij dat feitelijk niet gerealiseerd, nee. Kort nadat ik de verdwijning van het schilderij had ontdekt, belde iemand mij op, een man. Hij vroeg of ik mijn Nanette had verkocht.'
'Uw Nanette?'
'Het schilderij, het meisje dat voor het naakt model heeft gestaan, heet Nanette.'
De Cock wreef met zijn vlakke hand langs zijn breed gezicht. Hij voelde dat hij de ondervraging niet langer moest voortzetten. De omgeving, de hele entourage was niet goed. Bovendien leek het hem niet juist om de makelaar in het bijzijn van de antiquair en zijn bediende bepaalde confidenties te ontlokken.

'U begrijpt, meneer Van Stuchteren,' zei hij vriendelijk, 'dat wij u het schilderij niet direct ter hand kunnen stellen. Dat gaat eenvoudig niet. Er zal eerst een onderzoek naar de toch wel mysterieuze diefstal moeten worden ingesteld.'
De rechercheur wendde zich tot de antiquair.
'Ik neem aan dat u het schilderij op een normale, legale wijze heeft ingekocht en de koop in uw register heeft ingeschreven?'
Van Grefelen keek De Cock wat vreemd aan en knikte.
'Zeker, zeker,' zei hij nadrukkelijk, 'dat heb ik. De naam, ik zeg, de naam van de man van wie ik het schilderij kocht, staat er volledig in vermeld. Er staat ook nog het nummer bij van het paspoort waarmee de man zich aan mij heeft gelegitimeerd. Ik heb het schilderij namelijk persoonlijk ingekocht.'
'Mag ik het register even van u zien?'
'Natuurlijk, ik zal het voor u halen.'
De antiquair drentelde naar zijn kantoortje en kwam al na een paar seconden met het register terug. Hij gaf het aan De Cock, een betekenisvolle blik in zijn ogen. 'Kijkt u maar op bladzijde zeventien.'
De Cock bladerde het register door. Het was bijzonder netjes bijgehouden. Hij had dat wel eens anders gezien. De in- en verkopen stonden keurig omschreven genoteerd in een peuterig, maar wel duidelijk handschrift. De antiquair bleek een nauwgezet man.
Op bladzijde zeventien liet De Cock zijn vinger langs de rij inkopen glijden. Bijna onder aan de bladzijde stond: *Schilderij, afmetingen 100 bij 80 cm, in vergulde lijst met arabesken, figuratief, voorstellende een naakt op rode sofa, gekocht van . . .*
De Cock keek verbaasd op.
'Wie,' vroeg hij de makelaar, 'is Ronald van Stuchteren?'
De mond van de makelaar zakte iets open. '*Ronald* van Stuchteren?'
De Cock knikte.
De makelaar wreef met de rug van zijn hand langs zijn droge lippen. Onderwijl keek hij De Cock onderzoekend en achterdochtig aan. 'Ronald, Ronald is mijn zoon.'

10

De Cock steunde met beide ellebogen op zijn bureau. Van over zijn gevouwen handen keek hij naar de makelaar. Op het gebruinde gelaat ontdekte hij een zorgelijke trek.
'U moet dit niet opvatten als een arrestatie, meneer Van Stuchteren. Dat is het ook niet. Ik heb u slechts verzocht mee te gaan naar het politiebureau omdat ik iets meer wil weten van u, en van het schilderij. Bovendien vraagt het vreemde gedrag van uw zoon, zowel ten opzichte van u als van het schilderij, enige opheldering.'
Van Stuchteren knikte traag. 'Ik begrijp het. Hoewel, ik geloof niet dat ik u die opheldering kan geven.'
De Cock glimlachte beminnelijk.
'We kunnen in ieder geval zien hoever wij gezamenlijk komen. Als u tenminste bereid bent uw medewerking te verlenen?'
'Medewerking tot wat?'
'We kunnen gevoeglijk stellen, dat uw zoon Ronald verantwoordelijk is voor de diefstal van het schilderij uit uw huis aan de Keizersgracht. De bewijzen, nietwaar, liggen voor de hand: geen sporen van inbraak, de verkoop aan de antiquair, het is alles even duidelijk. Ik neem echter aan dat u niet het plan hebt inzake deze diefstal contra uw zoon een klacht, een officieel verzoek tot gerechtelijke vervolging te doen?'
Van Stuchteren schudde krachtig het hoofd.
'Nee zeg, absoluut niet. Alleen al de gedachte. Ronald is mijn enige kind. Na de dood van mijn lieve vrouw alles wat ik heb.'
De Cock knikte begrijpend.
'Juist, in zoverre hebt u van mij niets te duchten. Ik bedoel, zonder uw officiële klacht kan ik tegen uw zoon niets ondernemen. Ik sta dus ambtelijk buiten deze diefstal. Toch intrigeert mij het motief en ik neem aan dat het u als vader ook zal interesseren, meneer van Stuchteren . . . Waarom nam uw zoon het schilderij weg en verkocht het aan de antiquair? Had hij financiële moeilijkheden?'
De makelaar haalde zijn schouders op. 'Ronald heeft een ruime toelage en als hij iets extra's nodig mocht hebben, dan behoeft hij

het maar te vragen. Ik heb hem nog nooit iets geweigerd.'
De Cock glimlachte. 'Als zoon een benijdenswaardige positie.'
Van Stuchteren trok een wat moede grijns.
'Ik kan het mij permitteren.'
De rechercheur schoof zijn stoel wat naar achteren en strekte zijn benen. Hij had ze graag op zijn bureau gelegd, zoals hij gewoon was te doen. In het bijzijn van Van Stuchteren vond hij het wat minder gepast. 'U houdt van schilderijen?'
De makelaar knikte. 'Ik ben een liefhebber, ja. Ik bezit, mag ik wel zeggen, een fraaie collectie.'
'In uw huis aan de Keizersgracht?'
'Ja, in hoofdzaak.'
De Cock schoof zijn stoel weer iets bij. Hij boog zich voorover naar de makelaar. Zijn scherpe blik gericht op iedere reactie.
'Waarom nam Ronald dan juist *dat* schilderij weg?'
Van Stuchteren rekte zijn hals en streek met twee vingers tussen de rand van zijn boord. 'Dat . . . eh, dat weet ik niet.'
De Cock bleef hem onderzoekend aankijken.
'Werkelijk niet, meneer Van Stuchteren?' zei hij zoet zalvend. 'Weet u werkelijk niet waarom Ronald juist uw *Nanette* verkocht?'
Van Stuchteren hield een hand voor de ogen en wreef met duim en wijsvinger naar de ooghoeken.
'U dwingt mij iets te zeggen wat ik niet zeggen wil.'
De Cock schudde zijn hoofd.
'Ik, ik dwing u tot niets. U bent alleen bang de waarheid onder ogen te zien. Dat is het. Uw zoon verwijderde juist het schilderij waaraan u het meest was gehecht. Nietwaar?'
De makelaar zuchtte. 'U hebt gelijk,' antwoordde hij bijna toonloos. 'Ronald heeft mij willen treffen, straffen.'
Hij pauzeerde even, verzonken in gedachten.
'Het is geen slechte jongen, meneer De Cock, beslist niet. Hij is alleen wat sentimenteel, gevoelig, net als zijn moeder. Hij was ook bijzonder aan haar gehecht, een sterke binding, begrijpt u. Hij was meer een zoon van haar dan van mij. Ik vond dat niet zo erg, al had ik hem graag wat flinker, wat mannelijker gezien.
Na de dood van mijn vrouw was ik bang dat Ronald nog verder van mij zou weggroeien. Maar dat gebeurde gelukkig niet. Inte-

gendeel, er ontstond tussen hem en mij op den duur een goede, haast vriendschappelijke band, een prettige vader-zoonverhouding.- Ik had mij dat niet beter kunnen wensen. Echt niet.'
Hij zuchtte opnieuw.
'Alleen de laatste tijd waren er wat moeilijkheden.'
'De laatste tijd?'
'Ja.'
'Waarom?'
Van Stuchteren antwoordde niet.
De Cock kwam langzaam overeind en liep achter zijn bureau vandaan. Hij voelde iets van medelijden met de makelaar. Het opzichtige blauw van zijn kostuum, het dartele roosje in de revers . . .
'Waarom,' drong hij aan, 'had u de laatste tijd moeilijkheden met uw zoon?'
Van Stuchteren boog het hoofd. 'Ik, ik had plannen te hertrouwen.'
'Hertrouwen?'
'Ja.'
'En . . . keurde Ronald dat niet goed?'
De makelaar reageerde fel. In een bruuske beweging draaide hij zijn gezicht naar De Cock. Het bloed steeg naar zijn wangen. Zijn ogen schoten vuur.
'Ronald heeft niets goed te keuren, níéts,' zei hij scherp. 'Ik sta waarachtig niet onder curatele. Ik ben baas over mijzelf en nog volkomen in staat de draagwijdte van mijn eigen beslissingen volledig te overzien. Ik ben niet kinds.'
Hij veranderde van toon.
'Luister eens, meneer De Cock,' sprak hij rustiger, 'ik bewaar dierbare herinneringen aan mijn overleden vrouw, maar met de doden kan men niet leven. Ik ben vijfenvijftig jaar, gezond en vitaal. In ieder geval vitaal genoeg om op nog een paar gelukkige jaren met Nanette te kunnen rekenen.'
De Cock trok zijn wenkbrauwen op.
'Nanette . . . Nanette de Bougaerde?'
'Ja.'
'Het meisje dat voor het naakt model heeft gestaan?'
'Inderdaad.'

‘O.’
Van Stuchteren bewoog zich wat onrustig op zijn stoel.
‘U . . . eh, u kent haar?’
De Cock wreef met zijn hand langs zijn mond. ‘Dat is moeilijk te zeggen,’ antwoordde hij weifelend. ‘Ik heb haar persoonlijk nog nooit ontmoet. Toch heb ik het gevoel haar vrij goed te kennen.’
De makelaar keek hem onderzoekend aan. ‘Ik begrijp u niet.’
De Cock antwoordde niet direct. Hij liep een paar passen in de recherchekamer heen en weer en overdacht wat hij de makelaar zou zeggen. Het was bijzonder moeilijk. Hij wist het niet goed.
Bij het raam bleef De Cock staan. Van een afstandje bekeek hij de man aandachtig, een koele observatie. Van Stuchteren, zo realiseerde hij zich, was in zijn soort een knappe man, interessant, aantrekkelijk, zeker voor een jong meisje. Hij kon zich voorstellen hoe het was gegaan. Nanette en de charmante makelaar in effecten, jeugdig acterend in De Drie Rooskens. Het lag zo’n beetje in de route. De effectenbeurs was vlakbij. De Cock woelde met zijn hand door zijn grijze haar. Was deze man verantwoordelijk voor het verdwijnen van Nanette? Of, of was het misschien de zoon?
De Cock kwam een paar stappen dichterbij.
‘Hoe oud is uw zoon?’ vroeg hij.
De makelaar sprong strijdlustig overeind. Zijn ogen vernauwden zich tot spleetjes. De dunne lippen trokken samen tot een strakke lijn.
‘Ronald,’ riep hij fel en verbeten, ‘Ronald is vijfentwintig en ik weet wat u zeggen wil: Nanette kon qua leeftijd een dochter van mij zijn.’
De Cock schudde verwijtend het hoofd.
‘Gaat u toch rustig zitten, mijnheer Van Stuchteren,’ zei hij zacht, sussend. ‘Waarom windt u zich zo op? Ik leg u toch geen strobreed in de weg. Integendeel, ik wens u al het geluk op aarde. Daarom hoop ik dat wij Nanette spoedig voor u terugvinden.’
De makelaar knipperde met de ogen. Zijn gezicht plooide zich in een uitdrukking van oprechte verbazing. ‘Terugvinden, zei u?’
‘Inderdaad, ik zei terugvinden. Nanette de Bougaerde is namelijk spoorloos verdwenen.’
‘Verdwenen?’
‘Ja.’

'Sinds wanneer?'
'Sinds donderdag. 's Middags zo rond drie uur heeft ze de bloemenzaak aan de Gravenstraat verlaten en nadien heeft niemand haar meer teruggezien.'
Er volgde een stilte.
De makelaar had kennelijk moeite het bericht te verwerken. Het was hem duidelijk aan te zien. Uit zijn gezicht was alle kleur weggevloeid. Hij leek ineens jaren ouder; een moede, afgetobde zakenman.
Hij keek op. 'Ze heeft geen bericht achtergelaten?'
De Cock zuchtte.
'U schijnt het niet te begrijpen, meneer Van Stuchteren. Nanette is zoek, weg, verdwenen en . . . en volgens mij niet vrijwillig.'
'Niet vrijwillig?'
'Ik ben bang dat haar iets is overkomen, begrijpt u? Iets ernstigs.'
Van Stuchteren glimlachte triest voor zich uit.
'Nee,' zei hij zuchtend, 'er is niets met Nanette gebeurd. Niets ernstigs, bedoel ik. Ze is gewoon gevlucht, gevlucht voor de consequenties. Ze had beloofd met mij te zullen trouwen.' Hij bewoog zijn hoofd zachtjes heen en weer. 'Ik had het haar niet mogen vragen. Ik had haar die belofte niet mogen afdwingen.' Hij zuchtte opnieuw. 'Ze heeft mijn gevoelens niet willen kwetsen, mij niet willen afwijzen, daarom, daarom zei ze ja. Het is niet haar schuld. Ik, ík had verstandiger moeten zijn.'
De Cock trok zijn wenkbrauwen op. 'U denkt dat ze is gevlucht om zich aan haar trouwbelofte te onttrekken?'
'Ja, beslist, dat moet het zijn. Nanette . . . Ze heeft het uiteindelijk niet aangedurfd.' Hij grijnsde; een wat wrange grijns vol ironie. 'Ik ben tenslotte ook niet zó jong meer.'
De jonge Vledder had, achteloos tegen de muur geleund, het gehele gesprek tussen De Cock en de makelaar gevolgd. Geen enkel woord, geen intonatie was hem ontgaan. En langzaam had zich in zijn hoofd een idee gevormd. Het werd steeds concreter, nam steeds vastere vormen aan. Hij keek naar zijn oude leermeester en wachtte op een interval.
De Cock zag de verlangende blik en knikte toestemmend. Hij liep naar het raam en gaf zijn leerling ruimte het verhoor van Van Stuchteren voort te zetten.

Vledder trad naderbij.
'Hoe had u zich het huwelijk met Nanette gedacht, mijnheer Van Stuchteren? Ik bedoel, u bent een vermogend man, zo heb ik begrepen. Had u met betrekking tot uw vermogen bijzondere voorwaarden willen stellen of zou u normaal in gemeenschap van goederen zijn getrouwd?'
De makelaar keek Vledder wat verward aan.
'Daar . . . eh . . . daar heb ik eigenlijk nog nooit goed over nagedacht.'
'U niet. Misschien anderen?'
Het gezicht van de makelaar verstarde. 'U bedoelt . . .?'
'Ronald is uw enige zoon en . . . enige erfgenaam.'
Van Stuchteren reageerde fel. 'En wat wilt u daarmee zeggen?'
Zijn stem klonk scherp en uitdagend.
Vledder glimlachte beminnelijk.
'Als ik uw reactie zo bezie,' zei hij kalm, 'dan weet u precies wat ik daarmee zeggen wil, meneer Van Stuchteren. Bij een eventueel huwelijk tussen u en Nanette zou Ronald, hoe dan ook, ernstig worden gedupeerd. Hij zou een groot deel van zijn toekomstig vermogen kwijt zijn. Als iemand dus een motief had om Nanette spoorloos te laten verdwijnen, dan was het zeker uw . . .'
De makelaar sprong wild op. In een verbeten, nietsontziende woede greep hij zijn ondervrager bij de keel en drukte toe. Het was een aanval bij verrassing. Vledder had het niet voorzien. Even was hij verbaasd, geschokt, toen kwam hij tot actie. De oudere Van Stuchteren was geen partij voor de jonge en atletische Vledder. In een flitsende beweging vatte hij de makelaar in een knellende greep en drukte hem terug.
De Cock snelde geschrokken naderbij. Hij duwde Vledder opzij, vatte de nog bevende makelaar bij de arm en leidde hem naar een ander vertrek. Daar zette hij hem op een stoel en schonk een glas water voor hem in.
'U moet zich beheersen, meneer Van Stuchteren,' zei hij streng en bestraffend. 'Mijn collega deed slechts een suggestie, een rédelijke suggestie. Het was geen beschuldiging.' Hij reikte hem het glas aan. 'Hier, drink wat. En als u kalmer bent geworden, gaat u naar huis en vraagt aan uw zoon of hij zich met ons in verbinding stelt. Ik wil hem heel formeel een paar vragen stellen.'

De makelaar keek naar hem op. 'U gaat hem arresteren?'
De Cock wreef met zijn hand langs zijn kin.
'Waarom? Omdat hij Nanette heeft vermoord?'

11

Vledder stond voor de spiegel en bekeek de rode striemen aan zijn hals. De Cock stond schuin achter hem.
'Hoe is het, jongen?' vroeg hij bezorgd. 'Doet het pijn?'
Vledder schudde het hoofd.
'Nee, dat niet,' zei hij geprikkeld, 'niet erg. Het is alleen zo'n rot gezicht in je nek. Ik zal het vanavond mijn Celine weer allemaal moeten uitleggen. Ze ziet het natuurlijk direct.'
'En,' zei De Cock zoet spottend, 'ze is zó bezorgd.'
Vledder draaide zich met een ruk om.
'Ja,' zei hij vinnig, 'vind je dat zo gek? Celine maakt zich zorgen om mij. Ze vindt het helemaal niet zo prettig dat ik hier aan de Warmoesstraat met jou optrek. Ze heeft van collega's gehoord dat jij de reputatie hebt om steeds weer in allerlei akelige zaken verzeild te raken. Dat maakt haar angstig.'
De Cock snoof. 'Sommige collega's zijn net oude wijven. Ze kletsen te veel. Maar als je liever een andere leermeester hebt . . . Ik wil er wel met de Ouwe over praten.'
Het gezicht van Vledder betrok.
'Nee, De Cock, nee,' zei hij geschrokken. 'Zo bedoelde ik het niet. Ik wil helemaal niet bij je vandaan. Integendeel, ik had nooit een betere leermeester kunnen treffen.'
De Cock grijnsde breed. 'Je vleit me, jongen, echt, je vleit me.'
Vledder strekte zijn nek en wreef nog eens langs zijn hals. 'Die Van Stuchteren had anders aardig kracht in zijn magere vingers. Verdorie nog aan toe, dat was niet mis. Als we Nanette ooit vinden en ze is gewurgd, dan weet ik wie de dader is.'
'En ik dacht nog wel dat je het op de zoon hield.'
'Dat doe ik ook. Hij is in ons onderzoek tot nu de enige met een duidelijk motief. Ronald had er belang bij dat Nanette verdween. Weet je wat mij opviel? De oude Van Stuchteren realiseerde zich onmiddellijk hoe duidelijk dat motief naar voren sprong. Daarom werd hij ook zo kwaad.'
De Cock knikte. 'Hij reageerde uit een gevoel van schuld.'
'Schuld?'

'Ja, schuld. Als je 't mij vraagt, dan heeft Van Stuchteren zijn liefdesverhouding met Nanette en het huwelijksaanzoek dat daarop volgde steeds als iets zondigs gezien. Iets dat in strijd was met de algemeen zedelijke norm, de gangbare moraal. Zijn reacties tijdens het verhoor bewijzen dat. Hij stond voortdurend in een agressieve afweerhouding. Hij verdedigde zijn relaties tot het meisje Nanette, terwijl daartoe geen enkele reden was. Wij vielen hem daar niet op aan. Noch jij, noch ik heb in dier richting zelfs maar een toespeling gemaakt.
Maar verreweg het felst, het meest agressief, was toch zijn reactie toen jij hem voorhield dat zijn voorgenomen huwelijk met Nanette voor zijn zoon wel eens de aanleiding kon zijn geweest tot moord. Dat was hem kennelijk te veel. Hij kon dat verstandelijk niet verwerken, had geen redelijk verweer. Daarom greep hij je naar de keel.'
De Cock zweeg even.
Na een poosje ging hij verder: 'Het blijft altijd een hachelijke zaak iemands reacties te analyseren en daaraan conclusies te verbinden, vooral wanneer men niet alle achtergronden kent. Maar zoals ik het zie, was de aanval die Van Stuchteren op jou deed, een feitelijke bekentenis, een bekentenis van schuld. In zijn hart, in zijn diepste denken had hij volgens mij de mogelijkheid die jij oppperde, al voorzien en overwogen.'
Hij stak een vinger omhoog.
'Je moet bedenken, Van Stuchteren is een intelligent man, let wel, een makelaar in effecten, iemand die in staat is kansen en mogelijkheden te overwegen, heel goed te overwegen, anders had hij zich geen vermogen verworven.'
Hij zal ook zijn voorgenomen huwelijk met Nanette terdege hebben overwogen en in die overwegingen zal zijn zoon zeker een belangrijke factor zijn geweest. Daarom, toen jij opperde dat Ronald voor een moord op Nanette een redelijk motief had, verwachtte ik dat Van Stuchteren deze suggestie van jou hautain glimlachend als iets onbestaanbaars, iets ondenkbaars zou afwijzen. Maar dat deed hij niet, begrijp je. Hij wees haar niet af. Hij reageerde, zoals hij deed, fel, furieus, schuldbewust.'
Vledder keek zijn leermeester met grote ogen aan.
'Ik begrijp het,' zei hij onthutst, 'Van Stuchteren wees de sugges-

tie niet af omdat hij zijn zoon Ronald wel degelijk tot een moord in staat acht.'
De Cock knikte langzaam. 'Inderdaad, zo is het. En daar zullen we ernstig rekening mee moeten houden.'
Vledder begon plotseling hardop te lachen.
'Ik kan er niets aan doen,' grinnikte hij, 'maar ik vind het eigenlijk toch maar een dwaze zaak.'
'Waarom?'
'Wel, we rennen van de ene aanwijzing naar de andere, krijgen langzamerhand het gevoel, dat we op alles en iedereen moeten letten, houden diepzinnige beschouwingen over allerlei mogelijkheden, terwijl . . . terwijl er in feite nog niets aan de hand is.'
De Cock keek hem niet-begrijpend aan.
'Er is een meisje verdwenen, herinner je je niet?'
'Nou, èn? Is dat een misdrijf?'
'Luister nou eens,' zei De Cock gelaten, 'er bestaat theorethisch altijd nog de kans dat wij onze Nanette ongeschonden terugvinden. Natuurlijk. Maar hoe langer dit onderzoek duurt, hoe minder ik daarin geloof. We zijn nu ruim een dag aan de gang en hebben nog geen spoortje van een "levende" Nanette gevonden. Daarentegen zijn er wel aanwijzingen naar voren gekomen, dat er figuren zijn die meer belang hebben bij een "dode" Nanette.'
De Cock ademde diep. 'Het klinkt wat sinister, maar zo is het.'
Vledder fronste zijn wenkbrauwen.
'Je zei figuren, meervoud. Als dader met een redelijk motief zie ik tot nu alleen nog maar die Ronald van Stuchteren. Zijn er volgens jou dan nog anderen?'
'Zeker. Heb je er bijvoorbeeld al over nagedacht wie broeder Laurens wel mag zijn?'
'Je bedoelt de naam die Floor de Bougaerde vanmorgen naar voren bracht. De naam die hij Nanette in verband met de morfine wel eens had horen noemen?'
'Precies, hij is door die schilderij-affaire wat op de achtergrond geraakt, maar mijn interesse in de broeder is onverflauwd. Zie je, ook hij zou een redelijke dader kunnen zijn.'
'Een redelijke dader,' herhaalde Vledder wat schamper. 'Je weet nog niet eens wie hij is.'
'Dat is ook niet nodig. Ik bedoel, er zijn, ook zonder dat wij

broeder Laurens in persoon kennen, een paar interessante, haast voor de hand liggende conclusies te trekken.'
'Welke?'
De Cock ging boven op zijn bureau zitten. Zijn naar verhouding wat korte benen bengelden in de vrije ruimte. Hij keek de jonge Vledder geamuseerd aan, een glimlach op zijn breed gezicht.
'Denk eens goed na, jongen,' drong hij vriendelijk aan, 'denk eens goed na.'
Vledder haalde wat nonchalant zijn schouders op.
'Wat valt er nu over na te denken?' zei hij wat wrevelig. 'We weten niet eens of Laurens een voor- of achternaam is.'
De Cock knikte goedkeurend. 'Heel goed,' zei hij bemoedigend, 'heel goed. Dat kan inderdaad allebei. Maar wat denk je van het begrip broeder? Wanneer plaatst men in het algemeen spraakgebruik het woord broeder voor de eigenlijke naam?'
Vledder maakte een grimas.
'Een broeder in de Heer, in religieuze zin, een ordebroeder, een kloosterbroeder, een frater . . .'
De Cock schudde zijn hoofd. 'Ik dacht in een heel andere richting.'
'Niet religieus?'
'Nee.'
Plotseling klaarde het gezicht van Vledder op.
'Broeder in de zin van verpleger.'
'Juist, en wat is gewoonlijk het werkterrein, als ik het zo zeggen mag, van een broeder-verpleger?'
'Een hospitaal, een sanatorium, een ziekenhuis.'
De Cock schoof zijn onderlip vooruit. 'En denk nu eens aan morfine.'
'Verdomme, ja,' riep Vledder enthousiast, 'daar zeg je zo wat. Een ziekenhuis, morfine. Natuurlijk! Broeder Laurens, dat is het. Hij moet de man zijn die Nanette de morfine leverde. Het kan niet anders. Waarachtig, De Cock, hij is de schakel die wij zoeken. Broeder-verpleger Laurens steelt in een of ander ziekenhuis waar hij werkt morfine en geeft die aan Nanette. En onze Nanette verstrekt de morfine weer aan Floor de Bougaerde, neef-auteur, die met zijn inspiratie sukkelt.'
De Cock lachte om het enthousiasme en de opgewonden toon

waarop Vledder sprak. Hij stak waarschuwend een vinger op.
'Zoals gebruikelijk,' zei hij lachend, 'loop je weer veel te hard van stapel. Daarom sla je gemakshalve maar een paar vragen over.'
'Vragen?'
'Denk eens na . . . Waarom leverde broeder Laurens eigenlijk morfine aan Nanette?'
Vledder keek zijn leermeester niet begrijpend aan. 'Waarom?'
'Ja. Je vergeet dat Nanette geen enkele interesse toonde in geld. Het liet haar koud. Je hebt het ook van Floor de Bougaerde gehoord; hij behoefde voor de morfine niet te betalen. En ik geloof hem. Floor kreeg de morfine van Nanette voor niets.
Hoe kon Nanette dit doen? Ik bedoel, financieel. Voor zover wij weten, bezat ze geen eigen middelen. Haar gehele bezit was haar aandeel in de bloemenzaak De Drie Rooskens, let wel, waarvan Christel van Daele de financiën beheerde. Zie je, hoe dan ook, Nanette kon broeder Laurens niet betalen. Ze bezat daartoe geen middelen. Toch leverde hij haar morfine. Waarom?'
'Ik begrijp het,' zei Vledder knikkend, 'je wilt zeggen dat er voor broeder Laurens blijkbaar een andere drijfveer moet zijn geweest dan winstbejag.'
'Juist, ik herhaal de vraag: waarom leverde hij morfine? Was het uit liefde voor Nanette, een liefde die zij handig uitbuitte, of pleegde onze Nanette chantage?'
'Chantage?'
De Cock knikte met een ernstig gezicht.
'Als wij de fysieke toestand van Floor de Bougaerde in ogenschouw nemen, zijn lichamelijk verval, dan hebben de leveringen van morfine over langere tijd plaatsgevonden. Ik schat zeker over een periode van één à anderhalf jaar. Iets moet broeder Laurens ertoe hebben gebracht om gedurende die tijd voor Nanette steeds weer opnieuw morfine te gaan stelen. Je moet bedenken dat zoiets op den duur een zeer gevaarlijke bezigheid wordt met een steeds grotere kans van ontdekking. Toch deed hij het. Nanette had broeder Laurens blijkbaar in een zeer vaste greep. Ik ken daarvoor slechts één ander woord: chantage.'
De Cock maakte een voorzichtig gebaar.
'We zijn er natuurlijk nog lang niet. We zullen eerst die broeder Laurens moeten opsporen en dan zien uit te vissen welke midde-

len Nanette voor haar chantage, als het dat is, hanteerde. Maar van één ding ben ik praktisch overtuigd: ook broeder Laurens had voor een moord op Nanette de Bougaerde een redelijk motief.'
Vledder schudde grijnzend het hoofd.
'Alles bij elkaar blijf ik het maar een vreemde zaak vinden.' Hij grinnikte zachtjes voor zich uit. 'We hebben niet eens een lijk, maar voor moord wordt de kring van verdachten steeds groter.'
De Cock reageerde niet. Hij stak een sigaret op, inhaleerde diep en liet de rook langzaam uit zijn longen ontsnappen. Onderwijl dacht hij na. De affaire Nanette zinde hem niet. Het was zo onorthodox, zo ongewoon. Hij wist feitelijk niet precies hoe hij het moest aanpakken, van welke kant hij moest beginnen. Vledder had volkomen gelijk; het was een vreemde zaak.
Er was een meisje verdwenen, een mooi, jong meisje. Opeens was ze weg, zo maar, midden op een regenachtige dag in juli. En niemand zag haar terug.
Waarom verdween ze? *Wie* was ze? Of misschien nog belangrijker *wat* was ze?
Zorgeloos, zei nicht Christel, met een bijzondere belangstelling voor kunst en literatuur.
Vriend en journalist Ter Wielingen kenschetste Nanette opgetogen als de wilde madelief uit De Drie Rooskens, waauw-waauw, wat een meid. En toen zijn persoonlijk gevoelens voor Nanette even ter sprake werden gebracht, zuchtte hij: 'Verliefd, ja, zo zou u het kunnen noemen. Nanette is nog zo speels, te weinig ernstig. En liefde is toch een ernstige zaak.'
Neef en schrijver Floor de Bougaerde gaf weer een ander beeld. 'Nanette,' zei hij bepaald bitter, 'een giftige slang in de gedaante van een engel.'
De Cock krabde zich eens achter in zijn nek. Welke visie was juist? Het vreemde was dat het allemaal niet klopte. Er mankeerde iets aan de benadering. Ergens was de beoordeling niet juist. Want een onbekend, maar ongetwijfeld begaafd schilder had van diezelfde Nanette de Bougaerde een heel ander beeld gegeven, geen wild en zorgeloos wezen, geen giftige verleidster, maar een lieve, jonge vrouw met in haar ogen een zachte, droeve blik, een somber naakt.
De Cock sprong van zijn bureau.

‘Kom,’ zei hij tegen Vledder, ‘we gaan met het schilderij op pad.’
‘Waarheen?’
Nog voor De Cock kon antwoorden, rinkelde de telefoon.
Vledder nam de hoorn op en luisterde.
Na enige minuten legde hij de hoorn weer neer. Zijn gezicht zag bleek.
De Cock keek hem onderzoekend aan. ‘Wat is er?’
Vledder slikte. ‘Op de stortplaats aan het zijkanaal F zijn lijkdelen gevonden van een jonge vrouw.’

12

Zijkanaal F.
De weg van Amsterdam naar Velsen maakt even voorbij het Westelijk Havengebied van de hoofdstad een scherpe bocht naar rechts, loopt dan enige honderden meters parallel met het kanaal en vervolgt met een ruime lus naar de brug. Tussen de bocht en de brug, aan dat stuk weg, ongeveer in het midden, is een afbuiging naar links. Op een ruwhouten bord staat met slordige, vies uitgedropen letters: Stortplaats Stadsreiniging.
De jonge Vledder aan het stuur van een witte politie-Volkswagen wachtte geduldig tot een lange file auto's uit de richting Velsen was voorbijgegleden. Toen trok hij de wagen naar links.

Het was een akelig hobbelig stuk weg met diepe kuilen vol drabbig vocht en links en rechts slierten afgevallen huisvuil. Het was weer eens gaan regenen. De slippende ruitewissers van de Volkswagen konden het water niet goed verwerken. Door de voorruit kwam een wazig, soms dwaas vervormd beeld.

Voorzichtig, over een wankele brug van pontons, bereikten ze met de wagen de andere zijde van het kanaal. Brede stalen platen markeerden een baan schuin omhoog naar een akker; een wijde, trieste akker van vuil en afval.
Rechtsachter lag in de polder de vlek Het Ruige Oord. Verweg, achter een mistige sluier, schemerde de stad. Midden tussen bergen pas gestort vuil eindigden de stalen platen. Er was geen weg meer. Vledder stopte. Wat verderop bij een bulldozer met rupsbanden stond een groepje mannen in de regen.
De rechercheurs stapten uit. Zwijgend liepen ze op de mannen toe. Het waren er vier; brede, potige kerels van de Amsterdamse stadsreiniging. Hun verweerde, sombere gezichten glommen in de regen. Ze traden iets opzij. Aan hun voeten lag een vuil stuk zeildoek.
Een al wat grijzende man, kennelijk de oudste van het viertal, wendde zich tot De Cock. 'U bent van de recherche?'

De Cock knikte. 'Van bureau Warmoesstraat.'
De man wreef met zijn mouw de regen uit zijn gezicht.
'Moet u eens zien,' zei hij. Zijn stem trilde een beetje.
Hij bukte zich, pakte een punt van het zeildoek en trok het voorzichtig omhoog. Langzaam werd een hoofd zichtbaar; een afschuwelijk afgehouwen meisjeshoofd.

De Cock voelde hoe het bloed uit zijn gezicht wegtrok. Zijn maag reageerde opstandig. Hij slikte een paar maal om een neiging tot braken te onderdrukken. Naast zich hoorde hij Vledder zwaar hijgen. De Cock trok de kraag van zijn regenjas wat dichter naar zijn hoed. Het was een gebaar zonder zin. Hij zocht alleen tijd om zijn afschuw te overwinnen. Een confrontatie met de dood bracht hem altijd wat in de war, vertraagde zijn denken. Ondanks zijn jarenlange ervaring en vele ontmoetingen met een gewelddadige dood had hij er nooit aan kunnen wennen. Meestal verborg hij zijn emoties achter een strak onaandoenlijk masker. Het was een pose. Ook nu kostte het hem moeite zichzelf te dwingen het hoofd nader te bekijken. Hij bukte zich naast de man en tilde het zeildoek verder omhoog.
Het gelaat was wasbleek. De haast transparante huid was besmeurd met vuil en korsten geronnen bloed. De lange, blonde haren lagen nat geplakt op het hoofd en kleefden rond de hals. Het hoofd was juist even boven de romp afgehouwen. De Cock keek naar de halfontloken ogen. Voorzichtig tilde hij één voor één de oogleden op. De irissen waren blauw. Hij zocht om zich heen. Binnen handbereik lagen op de stortplaats een paar stukken van gebroken plastic klerenhangers. Hij pakte een stuk en tilde daarmee de bovenlip iets op en duwde de onderlip wat naar beneden. De mond stond gedeeltelijk open. Hij zag zowel onder als boven een mooie regelmatige rij tanden en kiezen zonder vullingen.
De Cock gooide het stuk plastic weer weg en liet in zijn gedachten het signalement van het verdwenen meisje de revue passeren. Er bestond praktisch geen twijfel. Het afgehouwen hoofd was van Nanette de Bougaerde.
De Cock kneep zijn lippen op elkaar. Zijn bange voorgevoelens waren uitgekomen. Nanette was vermoord, gruwelijk vermoord. De moordenaar had zelfs de moeite genoemen het hoofd van de romp te verwijderen.

Hij keek naar de man die gehurkt naast hem zat.
'Is dit alles wat u hebt gevonden?'
De man schudde zijn hoofd.
'Wat verderop,' zei hij somber, 'ligt de rest.'
Voorzichtig, teder, met een haast devoot gebaar, dekte hij het hoofd van het meisje weer met het brok zeildoek af. Toen kwam hij overeind en liep verder de stortplaats op. De Cock, Vledder en de anderen volgden. Ze liepen achter elkaar. Zwijgend. Een stille processie in de regen. Hun schoenen zakten soms diep in het drabbige vuil, als liepen ze in een moeras. Het stonk er naar broei en verrotting. Een grote gele plastic pop met één been lag op haar rug in de regen zielloos star te glimlachen. Niet ver daar vandaan, onder een half verroest fornuis, zaten een paar kraaien te schuilen. Toen de mannen voorbijtrokken, vlogen ze scheldend op.
Bij een paar stukken golfkarton, links van de bulldozer, hield de grijze man van de stadsreiniging stil. Hij wachtte geduldig tot ze er allen waren en in een kring om hem heen stonden. Toen nam hij de platen karton weg. De schok was nu niet zo groot.
Los van elkaar, in het vuil, lagen de andere lichaamsdelen; de beide armen, de lange, slanke benen, de smalle romp. Er was geen kleding, noch aan de benen, noch aan de romp. De rode nagellak aan de tenen en vingers stak fel af tegen de marmerwitte huid. In tegenstelling tot het hoofd waren de romp, de armen en de benen niet zo met bloed en vuil bevlekt. Ze hadden op de stortplaats kennelijk langer in de regen gelegen en waren schoongespoeld.
De Cock bukte zich om de verminkingen wat nader te bekijken. Het leek hem toe, dat ze kundig en met overleg waren uitgevoerd. Er was geen sprake van een doldriftige, paniekerige slachting, zoals hij dat wel in het verleden had gezien. Integendeel, om de armen en benen van de romp te verwijderen waren niet meer sneden toegebracht dan beslist noodzakelijk. Dat, zo meende De Cock, vereiste toch wel enige anatomische kennis.
Zijn blik gleed over de smalle torso. Voor zover hij kon zien waren er verder geen uiterlijke tekenen van verwondingen.
De Cock bleef nog even in gehurkte houding zitten. Zijn gedachten dwaalden ongewild naar de pop die hij op de stortplaats had gezien, de pop met de starre glimlach en het ene been. Weggeworpen. Kinderen hadden ermee gespeeld. Ze hadden ermee gewan-

deld, haar aangekleed, uitgekleed, vertroeteld. Totdat . . .
'Mijn vrouw,' zei hij half hardop, 'bewaart nog alle poppen uit haar jeugd.'
'Wat?' reageerde Vledder.
De Cock keek naar hem op, verward, verstrooid. Hij wreef vermoeid met zijn hand langs zijn ogen.
'Nee, niets, m'n jong,' zei hij ontwijkend, 'niets.'
Hij kwam langzaam overeind en wendde zich tot de grijze man van de stadsreiniging. 'U hebt alles gevonden?'
'Ja.'
'Hoe is uw naam?'
'Klaas . . . Klaas de Boer.'
De Cock wenkte Vledder om aantekeningen te maken.
'Wat vond u het eerst?'
De grijze man van de stadsreiniging antwoordde niet direct. Hij pakte de grote platen golfkarton en dekte de lijkdelen weer zorgvuldig toe.
'Ik vond eerst een been.'
'En toen?'
De man draaide zich half om en gebaarde in het rond.
'Kijk, meneer, als het vuil uit de wagens wordt gestort, heb je grote hopen, bergen rotzooi. Ik maak het dan met de bulldozer gelijk, ik egaliseer het, om zo te zeggen. Er ligt natuurlijk van alles tussen het vuil. De meest gekke dingen. Je let er eigenlijk niet altijd zo op. Maar vanmorgen zag ik er plotseling een been uitsteken. Ik dacht eerst nog dat het een poot van een etalagepop was. Dat heb ik wel eens meer gehad. Maar het was zo echt, begrijpt u, te echt voor een poot van een etalagepop. Ik heb toen de machine gestopt en ben gaan kijken. Het was inderdaad een echt been.'
'Wat hebt u toen gedaan?'
Ik wilde eerst onmiddellijk de politie gaan waarschuwen. Maar het is hier een afgelegen hoek. Een telefoon is ver weg. Zeker een half uur lopen. Ik besloot toen maar te wachten tot er iemand kwam. Er komen regelmatig wagens vuil storten.
Ik heb toen het been uit het vuil gehaald en opzij gelegd. Even later vond ik nog een arm. Ik ben toen echt gaan zoeken. Het was niet moeilijk. In een kwartiertje had ik alles bij elkaar.'

A'Ook het hoofd?'
'Nee, dat vond ik later. Toen waren de anderen hier al en had ik u al laten waarschuwen.'
De Cock knikte. 'Lagen de lijkdelen ver uiteen?'
'Het lag allemaal betrekkelijk dicht bij elkaar. Ik schat zo in een cirkel van tien, vijftien meter. Verder niet. Volgens mij is het uit één wagen gekomen.'
'Wanneer?'
'Gisteren . . . ja, gisteren. Ik denk zo in de middag. Kijk, we doen het hier op de stortplaats om en om. Waar we vandaag storten, egaliseren we morgen. Dit hier, wat ik nu gelijkmaak, is dus gisteren gestort. En tussen dit vuil heb ik het gevonden.'
De Cock liet zijn blik over de stortplaats glijden.
'Meneer De Boer,' zei hij na een poosje, 'hebt u enig idee waar dit vuil vandaan komt?'
'U bedoelt waarin we die . . . eh . . . die menselijke brokstukken hebben gevonden?'
'Ja.'
'Dat is heel moeilijk. Het komt in ieder geval uit Amsterdam-West. Uit Slotermeer, Slotervaart, Osdorp of Geuzenveld. Dat is eigenlijk alles wat ik met enige zekerheid kan zeggen.'
De Cock glimlachte. 'U noemt nogal wat. Dat is het woongebied van ongeveer de helft van de Amsterdamse bevolking.'
De man maakte een hulpeloos gebaar.
'Ik begrijp,' zei hij meelevend, 'dat het moeilijk voor u is. Het is voor uw onderzoek natuurlijk van het grootste belang om te weten waar het vuil vandaan komt. Geloof me, ik zou u graag willen helpen. Maar zelfs als ik precies wist welke wagen dit vuil heeft gestort, dan nog komt u niet veel verder. De vuilniswagens die wij tegenwoordig bij de stadsreiniging gebruiken, hebben een groot laadvermogen. Ze bestrijken een groot woongebied.'
'Maar ik kan toch wel met zekerheid aannemen dat de lijkdelen die u hier op deze stortplaats heeft gevonden, gelijk met het huisvuil uit één en dezelfde vuilniswagen zijn gekomen?'
De man van de stadsreiniging knikte met overtuiging.
'Inderdaad, dat kunt u.'
'De mogelijkheid dat de lijkdelen op een andere wijze op de stortplaats zijn gekomen, kan ik uitsluiten?'

‘Absoluut.’
‘Mooi.’
Het dichtslaan van een portierdeur deed hen opkijken. De drenkelingenwagen van de Geneeskundige Dienst was op de stortplaats gearriveerd. De broeders stapten uit. Langzaam kwamen ze dichterbij. Tussen zich in droegen ze een grote ijzeren ketel.
Vledder wees de lijkdelen aan.
Met onaandoenlijke routinegezichten verzamelden zij het hoofd, de armen, de benen en de romp en legden ze in de ketel. Er was geen spoor van emotie. De werklieden stonden er wat witjes bij.
‘Brengt u alles maar rechtstreeks naar het sectielokaal aan de Overtoom,’ zei De Cock.
De oudste broeder knikte. ‘U weet al wie het slachtoffer is?’ vroeg hij.
De Cock slikte iets weg. ‘Nanette . . . Nanette de Bougaerde.’
De broeder pakte zijn notitieboekje en schreef het op.
‘U neemt het zeker namens de Justitie in beslag?’
‘Ja, mijn naam is De Cock, met ceeooceekaa, rechercheur van het politiebureau Warmoesstraat.’
De broeder klapte zijn boekje dicht en borg het in de borstzak van zijn uniformjasje. Daarn pakten hij en zijn collega de ketel op en liepen naar de wagen. Hun vrije armen zwengelden in de ruimte.

Toen de wagen van de Geneeskundige Dienst met zijn lugubere last was vertrokken, vatte de grijze man van de reiniging De Cock bij zijn arm vast.
‘Ik heb u net de naam van het meisje horen noemen . . .’
‘Ja . . .?’
De man aarzelde even. ‘Was . . . eh, was het een slecht kind?’
De Cock keek hem onderzoekend aan. ‘Waarom vraagt u dat?’
De man grinnikte wat verlegen.
‘Ik . . . eh, ik heb zelf zo’n dochter, ziet u. Ze deed me aan haar denken. Weet u, soms . . . soms hou je gewoon je hart vast. Je kan er niet dag en nacht bij zijn.’ Hij schudde zijn grijze hoofd en zuchtte.
‘Nee . . . niet dag en nacht. Je moet er dan maar het beste van hopen.’ De Cock legde vertrouwelijk een hand op zijn schouder.
‘Doe dat,’ zei hij bemoedigend, ‘hoop er het beste van. Er zijn er

gelukkig niet veel die als vuil op een stortplaats eindigen.'
Hij bukte zich. Voor zijn voeten lag de plastic pop met het ene been.
Hij raapte haar op.
'Mag ik haar hebben?'
De man van de reiniging keek hem wat vreemd aan.
'Natuurlijk, gaat uw gang.'
'Bedankt.'
Hij draaide zich om en liep naar de politiewagen. De pop bengelde aan zijn hand.
Vledder volgde.

13

De jonge Vledder hield het gaspedaal zo diep mogelijk ingeduwd. Hij reed fel, wild, als een bezetene. Gebogen over het stuur, een verbeten trek om de smalle mond, dwong hij de oude Volkswagen tot een uiterste krachtinspanning. De motor gierde van ellende.
De Cock keek hem van terzijde aan. 'Wat is er, jô?' schreeuwde hij boven het geluid van de motor uit. 'Heb je haast?'
Vledder antwoordde niet. Gespannen, star voor zich uitkijkend, reed hij met onverminderde snelheid verder. Aan het einde van de lange weg langs het kanaal kwam hij slippend uit de bocht. De zijkant van een vrachtwagen schoof rakelings voorbij.
De Cock schudde zijn hoofd en grinnikte.
'Wat wil je?' riep hij cynisch. 'De dood inhalen of ontvluchten? Het geeft je toch niets. Hoe dan ook, de dood wint altijd.'
'Lollig . . .' beet Vledder hem snauwerig toe, 'verdomde lollig. Kijk eens aan, meneer de rechercheur maakt grapjes, verdomd leuke grapjes over de dood.'
De Cock schoof zijn onderlip naar voren. Hij reageerde niet. Hij had het niet grappig bedoeld. Helemaal niet. Het was meer een waarschuwing geweest om niet te hard te rijden. Hij betwijfelde ook of Vledder het wel als een grapje had opgevat. Hij dacht van niet. Het was zo maar een uitbarsting van de jongen. Hij kende zijn leerling lang genoeg om te beseffen hoe hij zich nu voelde. De gruwelijke ontdekking op de stortplaats had hem aangetast; zijn evenwicht ondermijnd. Hij had dat bij vorige gelegenheden ook al gemerkt. De jongen trok het zich te veel aan. Te gevoelig. Hij kon op het juiste moment niet genoeg afstand nemen.
In de Spaarndammerstraat bij het viaduct raakten ze met de wagen in een file. Zij kwamen nog slechts stapvoets vooruit. De Cock vond het best. Hij liet zich behaaglijk onderuit zakken en onderzocht met aandacht de plastic pop die hij van de stortplaats had meegenomen. Vledder bekeek hem van opzij en grijnsde.
'Er is op een afschuwelijke manier een jong meisje vermoord,' zei hij. 'Zo afschuwelijk, dat men de brokstukken bij elkaar heeft moeten zoeken. En wat doet de grote speurder?' Hij haalde zijn

neus op en snoof spottend. 'De grote speurder vraagt heel beleefd aan een vuilnisman of hij een oude, vieze pop mag meenemen.'
Hij reed weer een stukje op en schudde vertwijfeld het hoofd.
'Verdomme nog aan toe, er zijn toch wel belangrijker dingen dan een oude pop met één poot.'
'Zoals . . .?'
Vledder keek hem vernietigend aan. 'Het oplossen van de moord.'
De Cock zuchtte.
'Kijk,' zei hij gelaten, 'daar ben ik nu al die tijd mee bezig.'

Brigadier Bijkerk, de dikke wachtcommandant van de Warmoesstraat, stond van zijn stoel achter de balie op toen Vledder en De Cock het bureau binnenkwamen.
'Hoe is het met dat bericht van de stortplaats?' vroeg hij belangstellend. 'Kan ik het opsporingsbericht van het meisje De Bougaerde nu laten vervallen?'
De Cock knikte traag.
'Dat kun je. We behoeven haar niet meer op te sporen. We hebben haar gevonden. In stukken. Vermoord.' Hij grijnsde in de richting van Vledder. 'We zoeken nu alleen nog maar de dader.'
Brigadier Bijkerk grinnikte. 'Meer niet?'
'Och, dat is een koud kunstje, met zo'n leerling.'
Vledder trok een gezicht als een oorwurm. Hij draaide zich om en wilde verder gaan naar de recherchekamer. Brigadier Bijkerk riep hem terug.
'Ik heb hier in de wachtkamer een man die je geloof ik veel over dat meisje de Bougaerde kan vertellen. Hij zit hier al meer dan een uur op jullie te wachten.'
Vledder keek hem argwanend aan. 'Wie?'
Bijkerk raadpleegde een notitie.
'Ene Ronald van Stuchteren. Ik heb hem maar zolang voor jullie vastgehouden. Hij vroeg naar rechercheur De Cock en zei dat hij kwam in verband met het verdwijnen van die Nanette de Bougaerde. Als je leermeester het tenminste goedvindt . . . Dan heb je alvast iets om mee te beginnen.'
De Cock knikte gretig.
'Ik vind het best. Laat die Ronald van Stuchteren maar vast naar het verhoorkamertje brengen. Ik denk zo dat vriend Vledder hem

graag een paar vragen wil stellen, superintelligente vragen. Is het niet, m'n jong?'
Wat Vledder bromde, was niet te verstaan.
Bijkerk lachte luid.

Ronald van Stuchteren toonde zich zelfbewust. Toen Vledder en De Cock het verhoorkamertje binnenkwamen, stond hij op, maakte een beleefde buiging en ging weer rustig zitten.
'Mijn vader,' sprak hij geaffecteerd, 'vertelde dat ik mij in de belangstelling van de heren rechercheurs mocht verheugen.' Hij maakte een klein artistiek handgebaartje en toonde een regelmatige rij prachtige witte tanden. 'Wel, hier ben ik dan.'
De Cock knikte traag. 'We zien het,' zei hij gelaten. 'We zien het.'
Hij wuifde in de richting van Vledder.
'Mijn collega zal u een paar vragen stellen. Het is, zoals u begrijpt, zuiver formeel, gewoon een kwestie van routine. Maar ik moet u toch aanraden de werkelijkheid geen geweld aan te doen. Anders gezegd: wij willen de waarheid.'
Ronald van Stuchteren grinnikte.
'De waarheid en niets dan de waarheid.'
Hij vond zijn eigen opmerking blijkbaar nogal geslaagd. Hij bracht zijn armen gekruist voor zijn borst en straalde van zelfgenoegzaamheid.
De Cock streek met zijn hand langs zijn gezicht.
'De waarheid,' zei hij met enige nadruk, 'de waarheid is niet grappig. Meestal niet.'
Ronald haalde wat nonchalant zijn schouders op en Vledder schoof een stoel bij.
'U bent nog bij uw vader in huis?'
'Ja.'
'U hebt broers, zusters?'
'Nee.'
Terwijl Vledder zo het verhoor op gang bracht, bekeek De Cock de jongeman eens aandachtig. Ronald van Stuchteren, zo vond hij, had weinig met de makelaar Van Stuchteren gemeen. Er was geen sprake van enige gelijkenis, noch qua gedrag en optreden, noch qua uiterlijk. Ronald was een slanke jongeman met blond golvend haar tot diep in de nek, groene ogen en zachte, haast weke ge-

laatstrekken. Knap, op een wat griezelige, bijna onmanlijke manier.
Zoals hij daar zat in het verhoorkamertje vormde hij een uitdaging. Lachend, provocerend, in een fel paars jack met bloemetjes en een lichte pantalon, die knellend nauw om zijn benen sloot, antwoordde hij op de vragen die Vledder hem stelde.
'Kunt u goed met uw vader overweg?'
'Moet ik daar op antwoorden?'
'Als u wilt.'
'Nee.'
'Waarom niet?'
Ronald van Stuchteren grijnsde. 'Welke jongeman van mijn leeftijd kan wel goed met zijn vader overweg? We verdragen elkaar. Dat is het gunstigste wat ik ervan zeggen kan.'
'Tot voor kort was dat anders?'
'Hoezo?'
'Ik meen van uw vader begrepen te hebben dat u zich na de dood van uw moeder wat meer aan hem bent gaan hechten. Hij sprak zelfs van een 'goede' vader-zoonverhouding.'
Ronald van Stuchteren antwoordde niet direct. Hij liet zijn hoofd iets zakken. Het was voor het eerst dat hij zijn hautaine houding iets liet varen.
'Wat moest ik?' zei hij na een poosje. 'Hij was alles wat ik nog had. Ik kon moeilijk met mijn verdriet naar de buren gaan. Niet? Tenslotte was hij mijn vader.'
Vledder aarzelde even. 'Dat . . . eh, dat klinkt bitter.'
'Ja,' schreeuwde Ronald, 'dat klinkt bitter. Ik weet het. Maar weet u waaraan mijn moeder stierf? Weet u dat? Nee, natuurlijk, dat weet u niet. Dat zal hij u niet verteld hebben, de verlopen Don Juan. Maar ik zal het u zeggen: ze stierf aan vernedering.'
'Vernedering?'
'Ja, vernederd door de honderden avontuurtjes die mijn vader had met juffrouwen van allerlei slag.'
'En uw moeder wist dat?'
Ronald knikte heftig.
'Mijn vader bezat zelfs de onbeschaamdheid, de brutaliteit beter gezegd, om in haar bijzijn tegen anderen over zijn zogenaamde veroveringen op te scheppen. Denkt u zich dat eens in.'

Hij schudde een paar maal zijn hoofd.
'Mijn moeder . . . mijn moeder was een lieve, zachte vrouw. Ze zei nooit wat. Ze heeft zich nooit openlijk tegen de uitspattingen van mijn vader verzet. Ze leed in stilte.'
Vledder slikte en schoof zijn stoel iets naar achteren. Onderwijl wierp hij een schuinse blik naar De Cock, die tegen de muur stond geleund. Een bemoedigend knikje van zijn leermeester sterkte hem in de mening dat hij het verhoor in dezelfde richting moest voortzetten.
'Uw moeder nam u in vertrouwen?'
'Ja.'
'Voor zover zij dus op de hoogte was van uw vaders avontuurtjes, was u dat ook?'
'Inderdaad, moeder had voor mij geen geheimen.'
'Hebt u met haar wel eens over een scheiding gesproken?'
'Moeder wilde niet scheiden.'
'Waarom niet?'
'Ten eerste uit religieuze overwegingen. Mijn moeder was een godsdienstige vrouw. En verder wilde zij mijn erfdeel veiligstellen.'
Vledder trok zijn wenkbrauwen op. 'Veiligstellen . . .?'
'Ja, begrijpt u, zolang het huwelijk tussen mijn moeder en mijn vader niet werd ontbonden, was ik de enige erfgenaam. Moeder wilde dat dit zo bleef. Wanneer zij eventueel tot een echtscheiding had besloten, was vader beslist hertrouwd en wie weet hoeveel wettige nakomelingen daarvan weer het gevolg zouden zijn geweest.'
Vledder grijnsde breed. 'En vele varkens maken de spoeling dun.'
'Een bepaald onelegante opmerking,' reageerde Ronald fel. 'Ik zou zeggen, bijna beledigend.'
Over het gezicht van Vledder gleed een lichte blos. De scherpe toon van de jonge Van Stuchteren bracht hem echter niet uit de cadans van zijn verhoor.
'Als ik u goed heb begrepen,' ging hij rustig verder, 'dan achtte u, toen uw moeder stierf, uw vader verantwoordelijk voor haar dood. Is het niet?'
'Ja.'
'U was van mening dat zijn gedrag de gezondheid van uw moeder

had ondermijnd?'
'Ja.'
'Hebt u hem dat wel eens gezegd?'
Ronald zuchtte. 'Nee, ik heb het hem nooit gezegd. Hij heeft mij daarvoor eenvoudig de kans niet gegeven.'
Vledder keek hem wat verward aan. 'Dat . . . eh, dat begrijp ik niet.'
Ronald zuchtte opnieuw.
'Toen mijn moeder was gestorven, besloot ik hem eens onomwonden de waarheid te zeggen. Het werd toch eindelijk wel eens tijd, vond ik, dat iemand dat deed. Zolang moeder nog leefde, had ik ter wille van haar gezwegen.'
'En?'
De jonge Van Stuchteren streek met zijn hand langs zijn blonde haren. Daarna trok hij zijn schouders iets op en maakte een mistroostig gebaar.
'Toen het er op aankwam,' zei hij wat somber, 'kon ik het niet. Ziet u, tot mijn grote verbazing toonde hij oprecht verdriet. De dood van mijn moeder had hem diep aangegrepen. Daarmee nam hij mij alle wapens uit de hand. Hij was er werkelijk kapot van. Hij sloot zich op in zijn kamer en liet zich dagenlang niet zien. Het was een vorm van berouw, dacht ik.'
Vledder keek hem onderzoekend aan. 'Hoezo, dacht ik?'
De jongeman snoof verachtelijk.
'Nog geen jaar na haar dood papte hij al weer met een jong meisje aan.'
'Nanette?'
'Ja,' zei hij wat afwezig, 'Nanette de Bougaerde. Op een avond kwamen ze naar mij toe, hand in hand, en vader . . . weerzinwekkend . . . verkondigde met bibberende stem, dat ze het eens waren geworden en binnenkort zouden gaan trouwen.'
Vledder stond van zijn stoel op.
'En daarmee,' sprak hij plechtig, 'begon het drama. Het drama Nanette, of: de dans om het gouden kalf.'

14

De jonge Ronald van Stuchteren reageerde scherp. Hij trok zijn lippen samen tot een smalle lijn. Zijn knap, jong gezicht stond strak. 'Welk gouden kalf?'
Met het hoofd een beetje schuin keek Vledder hem enige tijd aan. 'Kom toch, mijnheer Van Stuchteren,' zei hij vriendelijk geduldig. 'U weet best wat ik bedoel . . . het bepaald aanzienlijke vermogen van uw vader.'
'Wat heeft dat ermee te maken?'
'Alles. U heeft het ons zelf duidelijk uiteengezet. U bent enig erfgenaam. Het was de uitdrukkelijke wens van uw moeder, dat dit zo bleef. Nietwaar? Zij verdroeg daartoe zelfs de vernederingen van uw vader. Het is heel begrijpelijk dat u als zoon haar wens ook na haar dood eerbiedigde, met andere woorden: dat u ervoor zorgde dat u enig erfgenaam bleef.'
Over de linkerwang van Ronald van Stuchteren trilde een zenuwtrek.
'U . . . eh,' zei hij voorzichtig, 'u insinueert.'
'Wat?'
Van Stuchteren draaide zijn hoofd van zijn ondervrager weg. Hij slikte een paar maal. Zijn adamsappel wipte op en neer.
'U insinueert. U insinueert dat ik iets te maken zou hebben met de verdwijning van Nanette de Bougaerde.'
Vledder trok zijn neus op.
'Laten we heel voorzichtig stellen,' zei hij zacht cynisch, 'dat u voor moord een klemmend motief had.'
De jongen richtte zijn hoofd op. 'Moord?'
'Precies. Moord. En u zou uzelf en ons een hoop moeite en last besparen wanneer u ons zonder omwegen zou vertellen hoe, waar en wanneer u Nanette de Bougaerde om het leven bracht.'
Van Stuchterens ogen werden plotseling groot en angstig. Verbaasd keek hij naar Vledder. Hij ontmoette een strak masker. 'Ik . . .?' Vledder knikte zwijgend.
Van Stuchteren kon er niet omheen. Hij zag geen uitweg. Hij voelde zich gevangen. Vreemd, nerveus, als een dwaas begon hij

te grinniken. Uit zijn knap gezicht was alle kleur verdwenen. Hij keek angstig om zich heen. Smekend blikte hij van Vledder naar De Cock en terug. In zijn ogen lag een uitdrukking van hondse onderdanigheid. 'Ikke . . .?' zei hij stotterend. 'Ik . . . Nanette? Het is . . . eh, het is zot. Het is . . . eh . . . U meent het niet. Nee, u meent het niet.' Hij schudde aanhoudend het hoofd. 'Nee!' gilde hij. 'Ik niet . . . ik niet . . .'

Vledder ging staan. De ontkenning deed hem niets. Integendeel. Hij had het gevoel dat Ronald van Stuchteren rijp was voor een bekentenis. De weerstand van de makelaarszoon achtte hij niet groot meer. Hij moest, zo redeneerde hij, nog even doorzetten. Tot nu toe had hij het verhoor netjes opgebouwd. Precies volgens het boekje. Na het vaststellen van het motief was hij gekomen tot een duidelijke beschuldiging. Nog even de puntjes op de i en de zaak Nanette was rond, opgelost. Het zou zijn eerste grote triomf zijn.

Vanuit de hoogte keek hij naar de angstige jongeman op de stoel. Het fel paarse jack met de bloemetjes vormde geen uitdaging meer. Het was alleen nog maar bespottelijk.

'Ik begreep eerst niet,' zei hij wat aarzelend, 'waarom u dat schilderij van Nanette van de wand nam en verkocht. Ik had daar geen verklaring voor. Het leek mij aanvankelijk zo zinloos.'

Hij zuchtte demonstratief.

'Maar ik begrijp het nu. Het is mij volkomen duidelijk. Dat schilderij moest weg . . . weg uit het huis. U kon de aanblik niet meer verdragen. Het mooie, gave, naakte lijf op het doek deed u voortdurend denken aan haar dood, hoe u haar vermoordde, gruwelijk verminkte . . .'

Vledder had steeds luider en sneller gesproken, groeiend naar een climax in zijn betoog. Zijn laatste woorden dreunden na, echoden tegen de kale wanden van het verhoorkamertje. Toen was er stilte. Ronald van Stuchteren zat er als verdoofd bij. Het leek alsof hij Vledders pertinente beschuldigingen niet vatte. Wezenloos staarde hij voor zich uit. Zijn mond half open.

Vledder wond zich steeds meer op. Het bloed steeg naar zijn hoofd, bonsde tegen zijn slapen. Hij strekte zijn arm beschuldigend naar de jonge Van Stuchteren uit. Het was een theatraal gebaar.

'Jij . . .' schreeuwde hij, 'jij vermoordde haar. Jij! Nanette stond jou in de weg. Je zag je erfdeel in gevaar. Je wilde niet dat je vader zou hertrouwen. Je realiseerde je hoe vitaal hij nog was.' Vledder imiteerde spottend Ronalds stem: *'En wie weet hoeveel wettige nakomelingen daarvan weer het gevolg zouden zijn geweest.* Het zijn je eigen woorden.'
Van Stuchteren reageerde niet. Hij bleef hangen in een nevelige wolk van apathie, een apathie die hem beschermde, hem afsloot van de wereld rondom hem.
Vledder schudde woedend het hoofd. Hij voelde hoe hij zijn greep op de jongeman verloor. Zijn woorden misten hun uitwerking. Ze troffen geen doel. Het maakte hem woest. Hij had zich zo dicht bij de oplossing gewaand, zo dicht bij zijn triomf; en nu vloeide het weg.
In een wilde actie greep hij de jonge Van Stuchteren bij het paarse jack en tilde hem van zijn stoel. Zijn woede gaf hem extra-kracht. De zijdeachtige stof van het jack kraakte tussen zijn vingers.
'Waarom . . .' siste hij tussen zijn tanden door, 'Verkocht je dat schilderij? Waarom?' Hij schudde Van Stuchteren krachtig heen en weer. 'Verdomme, vent, doe je bek dan open, waarom verkocht je dat schilderij?'
De jongeman antwoordde niet.
Vledder veranderde van toon. Zijn ogen vernauwden zich tot spleetjes. 'Ik zal het je zeggen,' zei hij zacht dreigend. 'Het was pure angst, pure angst. Dat was het. Angst voor dat vervloekte schilderij, dat naakt, ja, een beschuldiging aan de wand.'
Het leek alsof Ronald van Stuchteren plotseling ontwaakte en zich losweekte uit een verdoving. Hij keek Vledder in de ogen. Zijn blik was helder. Zacht, haast toonloos, zei hij: 'Het was geen angst. Nee, het was geen angst.'
De ontkenning prikkelde Vledder nog meer. Zijn ogen schoten vuur. In een wilde krachtsexplosie drukte hij Van Stuchteren tegen de muur van het verhoorkamertje. De stoel viel kletterend op de vloer.
'Het was angst,' brulde hij. 'Je liegt, het was angst. Zeg het . . . zeg het . . . zeg het . . .!'
Vledder brulde het uit. Hij was kennelijk zichzelf niet meer. Zijn stem sloeg over.

De Cock zag het gevaar. 'Vledder . . .!'
Het klonk streng, bestraffend.
'Laat hem los en verdwijn.'
Vledder reageerde niet direct. Het duurde een paar seconden voor de woorden van De Cock tot hem doordrongen. Hij kneep zijn ogen stijf dicht, schudde krachtig het hoofd en verdreef de rode nevel van woede die zijn verstand had versluierd. Hij liet de jongeman los.
Even nog keek hij hem aan. Toen mompelde hij 'sorry, echt sorry' en verliet het verhoorkamertje met gebogen hoofd.
De Cock keek hem na. Hij wist hoe zijn leerling zich nu voelde. Miserabel. Hij kende dat van vroeger, toen hij nog jong was en net als Vledder moeilijk een nederlaag kon accepteren. Maar dat was voorbij. De jaren hadden hem rijper gemaakt en wijzer.
Met een zucht raapte hij de omgevallen stoel op.
'Ga weer zitten,' zei hij vriendelijk. 'Heeft hij je veel pijn gedaan?'
Ronald van Stuchteren glimlachte zwakjes. 'Zo erg was het niet.'
De Cock maakte een verontschuldigend gebaar.
'Mijn collega is . . . eh, nogal temperamentvol. U moet hem dat niet kwalijk nemen. Al zijn de wapens die hij hanteert soms wat bot, hij vecht uiteindelijk voor de waarheid. En dat is toch een nobele strijd.'
Hij glimlachte beminnelijk. 'Of heeft u een andere mening?'
De jonge Van Stuchteren plooide zijn lippen in een droeve grijns.
'Nobel . . .' hij grinnikte spottend, 'wat een woord. Uw collega wilde mij tot een bekentenis dwingen. Misschien dat u dat een nobel streven vindt, ik kan er tot mijn spijt niets nobels in zien.'
Hij liet zich op zijn stoel zakken, sloeg zijn benen over elkaar en streek met beide handen langs zijn blonde haren. Van Stuchteren was de aanval van Vledder kennelijk te boven. Zijn gezicht had weer wat kleur. Hij gebaarde in de richting van De Cock.
'Hoe kan ik nu iets bekennen, wat ik niet heb gedaan? Dat is dwaas, nietwaar? Ik heb uit de woorden van uw collega begrepen dat Nanette de Bougaerde dood is, vermoord. Wel, dat is verdrietig, maar ik heb die moord niet gepleegd. Als u mij voor haar dood aansprakelijk wilt stellen, dan is dat uw zaak. Maar dan zult u toch met bewijzen moeten komen. Ik heb tot nu slechts loze beschuldigingen gehoord.'

'Ik meen,' zei de rechercheur rustig, 'dat mijn collega een duidelijke uiteenzetting van uw motieven heeft gegeven.'
'Motieven, motieven!' riep Ronald verachtelijk. 'Het feit dat ik persoonlijke redenen had om Nanette te vermoorden, bewijst nog niet dat ik haar heb vermoord. Als rechercheur weet u dat heel goed.'
De Cock wreef met zijn hand langs zijn brede gezicht met de diepe plooien. Van Stuchteren had gelijk. Het was geen bewijsvoering. Met enkel motieven maakte hij bij de rechtbank geen schijn van kans op een veroordeling. Trouwens, geen officier van justitie zou een dergelijke zaak aan een rechtbank durven voorleggen.
Hij kneep zijn ogen even dicht. Hij voelde zich loom, vermoeid, afgemat. Zijn voeten begonnen pijn te doen. Het was een slecht teken. Hij had dat altijd, wanneer de zaken niet naar wens verliepen, wanneer hij het idee had steeds verder van de oplossing weg te drijven. Zwaar zuchtend ging hij zitten, schoof wat onderuit en legde zijn beide benen op het tafeltje. Met een van pijn verwrongen gezicht keek hij naar Ronald van Stuchteren. De hautaine toon van de jongeman was hem niet bevallen. De manier waarop hij over Nanette de Bougaerde had gesproken, was koud, gevoelloos, zonder een spoortje van deernis met het slachtoffer. De dood van het meisje had hem niet in het minst geschokt.
De Cock monsterde het knappe, wat weke gezicht. Hij las een voortdurend waakzame achterdocht.
'U hebt Nanette niet vermoord?'
'Nee, ik heb Nanette niet vermoord.'
'U hebt geen enkele schuld aan haar dood?'
'Ik heb er niets mee te maken.'
De Cock knikte traag.
'Mooi,' zei hij gelaten, 'heel mooi. Ik ontmoet graag onschuldige mensen.' Het klonk ernstig. Hij gebaarde wat vermoeid. 'U kunt dus vrijelijk, zonder enige terughouding, op mijn vragen antwoorden?'
Ronald van Stuchteren keek de oude rechercheur scherp onderzoekend aan. Hij zag een vermoeide man met de vriendelijke expressie van een goedaardige bokser.
'Ja,' antwoordde hij wat aarzelend, 'dat kan ik.'
'Dan herhaal ik de vraag van mijn collega: waarom verkocht u het

schilderij van Nanette?'
De ogen van de jonge Van Stuchteren vernauwden zich. De vraag had hem geschokt, opnieuw. De Cock zag het aan de reactie. De handen begonnen licht te beven. De neusvleugels trilden. Hij antwoordde niet.
De Cock nam zijn benen van het tafeltje. Hij voelde zijn voeten niet meer. Het lome, wat verlammende gevoel was weggetrokken. Hij liet zijn blik op de jongeman rusten.
'En . . .?' drong hij aan.
Van Stuchteren slikte. 'Het schilderij ergerde mij.'
'Waarom?'
De jongeman liet zijn hoofd iets zakken. Hij worstelde kennelijk met het antwoord. Zijn nerveus trillende vingers gleden tastend langs zijn droge lippen. 'Om . . . eh, om de afbeelding.'
'De afbeelding?'
Plotseling sprong Van Stuchteren op.
'Ja,' schreeuwde hij, 'de afbeelding.'
Hij had zich niet meer in bedwang, was al zijn zelfbeheersing ineens kwijt. Zijn gezicht zag rood en was vertrokken. Zijn onderlip trilde. Tranen sprongen in zijn ogen.
'De schoft,' riep hij fel, 'de-de-de smerige schoft.' Hij struikelde over zijn eigen woorden. 'Op de sofa heeft hij haar laten schilderen, naakt, hoort u, naakt, op de sofa van moeder, waarop zij altijd zat, waarop ze rustte toen ze al ziek was. Ook na haar dood moest hij haar nog vernederen.'
De rechercheur keek hem wat ongelovig aan.
'Heeft hij dat met opzet gedaan?'
Ronald knikte heftig.
'Ja, om mij te treiteren. Om de nagedachtenis aan mijn moeder te bezoedelen, te besmeuren.' Hij knarste met zijn tanden. In zijn felgroene ogen blonk een zweem van waanzin. 'Ik had haar vermoord,' siste hij dreigend, 'geloof mij, ik had haar vermoord. Nanette was nooit op de plaats van mijn moeder gekomen. Nooit!'
Hij begon weer te gillen. 'Nooit! Nooit! Nooit!'

15

In het kleine verhoorkamertje, diep over de tafel gebogen, het blonde hoofd rustend op beide armen, snikte Ronald van Stuchteren zijn woede en verdriet weg. Soms gierend met lange uithalen.
De Cock stond erbij. Onbewogen. Vanuit de hoogte keek hij naar de schokkende rug van de jongeman, naar het paarse jack, en hij vroeg zich af of Ronald van Stuchteren tot een moord in staat was, geestelijk en fysiek.
Het was een hypothetische vraag. De Cock wist het. Hij had in zijn lange loopbaan bij de recherche een hele reeks van moordenaars voor zich gezien. Van koele, kille wurgers tot hypernerveuze schutters. Hij had er nooit een lijn in kunnen ontdekken.
Hij had mannen gekend die omwille van een paar kwartjes een medemens van het leven hadden beroofd; sluw, gewetenloos, zonder wroeging. En hij had er gekend die menselijk aanvaardbaar uit nood hadden gedood en hun verdere leven gekweld werden door een zo intens gevoel van schuld, dat het hen uiteindelijk vernietigde. Wilde leeuwen bleken soms makke lammeren en makke lammeren bloeddorstige rovers. Men wist het nooit.
Langzaam, door de jaren heen, was in hem het geloof gerijpt, dat ieder mens tot een moord in staat was, ongeacht wie. Het was gewoon een kansspel, een kansspel van feiten, omstandigheden en emoties. Wanneer het noodlot de feiten had bijeengebracht, de juiste omstandigheden geschapen, de emoties hoog had opgeladen, dan kon moord volgen. Dan deed het er in feite niet veel meer toe wie de medespelenden waren. Dat was dan nog slechts een kwestie van nuances.
De Cock klemde zijn lippen op elkaar. Wat waren de moordfactoren voor Ronald van Stuchteren? In gedachten ging hij ze na.
Enige zoon van welgestelde ouders, de vroege dood vàn de moeder, waardoor hij praktisch alle houvast in het leven verloor, de wat gezwollen vitaliteit van de vader die op gevorderde leeftijd nog een tweede huwelijk wilde aangaan, de haat jegens die vader, reeds gegroeid in het verleden, de jeugd van Nanette, het naakt op de sofa, de nog sterk emotionele binding aan de moeder. De Cock

wreef met zijn hand over zijn brede gezicht. Het was er allemaal . . .
Hij legde zijn hand op de kruin van de jongeman.
'Kom,' zei hij, niet onvriendelijk maar dwingend, 'laten we er samen nog eens over gaan praten. Ernstig. Moord is een discussie waard.'
Van Stuchteren richtte zijn hoofd langzaam op.
De Cock keek in een betraand gezicht. Hij voelde vreemd genoeg geen medelijden, geen medeleven. Het verdriet van de jongeman raakte hem niet. Hij hield niet van huilende mannen. Ze maakten hem kriegel. Hij pakte een schone witte zakdoek uit zijn broekzak en wierp hem die toe. 'Hier,' zei hij wat ruw, 'veeg je gezicht schoon.' Hij keek even hoe de jongeman de tranen uit zijn ogen wreef. Daarna verliet hij het verhoorkamertje en kwam na een paar minuten terug met twee koppen dampende koffie. Hij schoof Van Stuchteren een kop toe en ging zelf behaaglijk zitten slurpen.
De jongeman kwam langzaam tot zichzelf. Hij werd rustiger. De Cock zag het.
'Toch begrijp ik het niet helemaal,' zei hij. 'Waarom heb je niet bij je vader geprotesteerd vóórdat het doek werd geschilderd?'
Van Stuchteren nam een slok van zijn koffie. 'Ik wist het niet.'
'Wat niet?'
'Ik wist niet hoe het schilderij zou worden. Op zekere dag kwam Pierre Popko de sofa halen . . .'
'Wie is Pierre Popko?' onderbrak De Cock.
'De kunstschilder die het schilderij heeft gemaakt.'
'Juist. En . . .?'
'Ik zei: "Pierre, wat moet je met moeders sofa?" Hij zei dat het voor een schilderij was, in opdracht van mijn vader. Meer heeft hij niet gezegd en ik heb niet meer gevraagd. Ziet u, ik wist niet dat Pierre de sofa zou gebruiken als zitplaats voor Nanette, een naakte Nanette.'
'Kende je Nanette toen al?'
'Ja zeker, ze was toen al een paar maal bij ons thuis geweest. Het was ongeveer een maand nadat Pierre haar aan ons had voorgesteld.'
De Cock keek hem verbaasd aan.
'Werd Nanette door Pierre Popko aan jullie voorgesteld?'

Ronald knikte.
'Buiten al zijn andere activiteiten,' zei hij met een duidelijke minachting in zijn stem, 'is vader ook nog een soort mecenas, een beschermer van kunst en kunstenaars. Pierre Popko is een van zijn protégés. Hij geeft hem opdrachten en introduceert hem bij vrienden. Pierre komt veel bij ons over de vloer. Ook al toen moeder nog leefde. Wel . . . op een avond nam hij Nanette mee.'
'Ik dacht,' zei De Cock, 'dat je vader de kennismaking zelf tot stand had gebracht door middel van zijn . . . eh, zijn botanische interesse.'
'U hebt zeker een roosje in zijn revers gezien?'
'Ja, dat bedoel ik.'
De jongeman schudde het hoofd.
'U kent vader niet,' zei hij breed grijnzend. 'Als hij vandaag een jonge vrouw ontmoet die tegen hem zegt dat ze tegen het gebruik van alcohol is, dan draagt hij morgen in zijn revers een blauwe knoop. Ik bedoel maar, vader ging pas roosjes dragen, nadat hij wist dat Nanette de Bougaerde in een bloemenzaak werkte.'
De Cock lachte. 'Toch schijnt Nanette nogal indruk op je vader te hebben gemaakt. Zijn plannen om met haar te trouwen leken mij ernstig gemeend.'
'Vader was bijzonder van haar gecharmeerd. Zeker. Hij leefde gewoon in een soort roes. Het feit dat een knap jong meisje interesse in hem toonde, streelde zijn ijdelheid. Wat dacht u?'
De jonge Van Stuchteren pauzeerde even, schudde daarna zijn hoofd en zuchtte. 'Pierre Popko moedigde het sterk aan. Hij liet hem schetsen zien die hij van haar in zijn atelier had gemaakt. Hij hemelde haar op, noemde Nanette een godin, een tot leven gekomen Venus. En vader, de ouwe bok, keek en luisterde met rooie oortjes.'
'Wat waren het voor schetsen?'
Ronald haalde wat nonchalant de schouders op.
'Schetsen, gewone houtskoolschetsen. Naaktstudies, waarvoor Nanette model had gestaan.'
'Waren ze mooi? Ik bedoel, figuratief, realistisch?'
'Ze waren zo realistisch,' zei hij grijnzend, 'dat vader ze allemaal heeft opgekocht. Toen hij eenmaal besloten had met Nanette te trouwen, wilde hij niet dat Pierre nog studies van haar in zijn

bezit had. Ook verbood hij Nanette nog langer voor Pierre model te staan.'
'En hield Nanette zich daaraan?'
'Hoe weet ik dat. Ik controleerde haar niet.'
De Cock keek verrast op. Hij had in de stem van de jongeman iets beluisterd, een klemtoon, een kleine intonatie.
'Jij niet,' zei hij scherp, 'wie wel?'
Van Stuchteren antwoordde niet. Hij verschoof wat onrustig op zijn stoel. De jongeman was kennelijk verlegen met de vraag.
'Nou . . .' drong De Cock aan, 'wie controleerde haar?'
Ronald slikte. 'Vader, hij . . . eh, hij vertrouwde Pierre niet.'

De Cock zat achter zijn bureau en staarde somber voor zich uit. Hij kwam niet verder. Het ging te traag. Er zat geen schot in de zaak. De mensen die hij tot nu toe in de affaire-Nanette had ontmoet, waren zo moeilijk en vaak leugenachtig of vertelden slechts halve waarheden. Waarna? Bijvoorbeeld Christel van Daele: zij moest toch iets geweten hebben van het voorgenomen huwelijk van Nanette? Waarom zei ze dan niets? En dan Ter Wielingen . . . Hij was zonder twijfel de man die hem over dat schilderij bij de antiquair had getipt. Hoe wist hij van dat schilderij? Wat wist hij? Ongetwijfeld veel meer dan hij had verteld.
De Cock wreef met zijn hand nadenkend langs zijn kin. Voor hem op het bureau lag nog het blad papier met bovenaan de enkele zin: DOOR WIE OF WAT VERDWEEN NANETTE? Dat had hij gisteren geschreven. Eigenlijk mocht hij niet ontevreden zijn. Nu, een dag later, kon hij al een gedeelte van de vraag beantwoorden. Nanette verdween omdat ze was vermoord, vermoord door iemand die het om een of andere reden nodig had gevonden het lichaam gruwelijk te verminken. Vooral dat laatste leek hem belangrijk toe. Wat was het doel daarvan geweest?
Vledder kwam de recherchekamer binnenstappen. Hij leek gehaast en opgewonden. Hij hing zijn natte regenjas aan de kapstok, schoof daarna een stoel bij en ging tegenover De Cock zitten. Zijn gezicht glunderde. 'Weet je,' zei hij met glinsterende ogen, 'dat Nanette verpleegster is geweest?'
De Cock knikte traag. 'Ik vermoedde het,' zei hij gelaten.
'Het is zo. Toen ik voor jou in Aalsmeer navraag deed, hebben ze

het mij gezegd. Ik herinnerde het mij plotseling toen jij Ronald van Stuchteren in verhoor had. Nanette was verpleegster of leerling-verpleegster voordat ze met Christel van Daele in De Drie Rooskens stapte. Ik had het je nog niet verteld. Zie je, ik vond het eerst ook niet zo belangrijk.'
De Cock keek hem lachend aan.
'En toen dacht je aan broeder Laurens.'
'Ja,' riep hij enthousiast. 'Broeder Laurens. Begrijp je, de morfine. Onze Nanette heeft die broeder natuurlijk in de tijd waarin ze verpleegster was, leren kennen. Dat is heel aannemelijk. In die tijd heeft ze op een of andere manier vat op hem gekregen en hem toen geprest morfine te leveren. Zo is het gegaan. Geloof je niet?'
'Het kan,' zei de rechercheur voorzichtig.
Het gezicht van Vledder betrok.
'Wat nou?' riep hij kriegel. '*Het kan!* Zo is het gegaan. Absoluut. Het ligt eenvoudig voor de hand. En als we die broeder Laurens te pakken hebben, dan zul je zien dat ik gelijk heb.'
'En hoe denk je broeder Laurens te vinden?'
Vledder maakte een nonchalant gebaar.
'Simpel. Als we de loopbaan van Nanette als verpleegster volgen, moeten we die broeder Laurens onherroepelijk tegenkomen. Ik ben al op pad geweest.'
'Zo . . .'
'Ja, ik kom nu net van De Drie Rooskens. Christel van Daele had zelfs nog een foto van Nanette in het uniform van verpleegster.'
De Cock keek geschrokken op. 'Heb je het verteld?'
'Wat?'
'Van Nanette, dat we haar hebben gevonden?'
'Nee . . . ik . . . eh, ik heb niets gezegd.'
'Vroeg ze niets?'
'Nee, ze vroeg niets. We hebben alleen over Nanettes tijd als verpleegster gesproken. Meer niet.'
De rechercheur schudde vertwijfeld het hoofd.
'En vroeg ze niets?' In zijn stem klonk ongeloof.
'Nee, dat zei ik toch, ze vroeg niets. Ze vertelde mij alles over Nanette, hoe ze verpleegster was geworden, hoe ze interesse had in de chirurgie . . . Christel van Daele was reuze aardig. Vriendelijk. Ik moest je nog de groeten van haar doen.'

De Cock snoof. 'Verdomde sympathiek.'
Vledder keek hem verbaasd aan, verrast door de toon.
'Is . . . eh, is er iets?'
De Cock boog zijn hoofd iets voorover en wreef met duim en wijsvinger langs zijn neus in de hoeken van zijn ogen.
'Nee, niets,' zei hij vermoeid. 'Niets. Het is al goed. Doe het maar. Volg het verpleegstersspoor van Nanette naar broeder Laurens.'
Hij stak waarschuwend een vinger op.
'Maar niet verder. Ik bedoel, als je weet waar we hem eventueel kunnen vinden, is het mij voorlopig wel genoeg.'
'Geen arrestatie?'
'Nog niet, jongen, nog niet. Daarvoor weten we veel te weinig van zijn activiteiten. Hij is nog zo'n vage figuur. Zelfs het vermoeden dat hij iets met Nanette en de morfine uitstaande heeft, berust slechts op veronderstellingen. Bedenk dat goed.'
Hij pauzeerde even en kauwde nadenkend op zijn onderlip.
'Er is één ding,' zei hij peinzend, 'dat mij hevig intrigeert . . .'
'Wat?'
De Cock keek strak voor zich uit.
'Had ook broeder Laurens een meer dan gewone belangstelling voor chirurgie?'
Op dat moment rinkelde de telefoon.
Vledder nam de hoorn op en luisterde. 'Het is voor jou.'
De Cock nam de hoorn over. 'Ja, met De Cock.'
'U hebt hem laten gaan,' zei een stem die hij onmiddellijk herkende.
'U hebt hem laten gaan!'
In de stem klonk verbijstering en wanhoop.
'De Cock, waarom? U had hem, u had hem veilig en wel op het bureau.'
'Wie?'
'De jonge van Stuchteren.'
'Nou en?'
'Hij is de moordenaar, hij vermoordde Nanette de Bougaerde.'
De Cock veerde op. 'Wat!?'
'Ja, Ronald. Op de dag van Nanettes verdwijning had hij nog een afspraak met haar.'

16

De Cock smeet woedend de hoorn op de haak.
'Wie was het?' vroeg Vledder.
'Ter Wielingen,' sprak hij verbeten. 'Hij beweert onomwonden dat de jonge Van Stuchteren Nanette de Bougaerde heeft vermoord.'
'Wat?'
'Ja, hij zei dat hij eenvoudig niet begreep waarom ik Ronald niet had vastgehouden, waarom ik hem gewoon had laten gaan. Volgens Ter Wielingen zou de jongeman op de dag dat Nanette verdween nog een afspraak met haar hebben gehad en haar toen hebben vermoord.'
Vledder trok een denkrimpel in zijn voorhoofd.
'Hoe weet hij dat, van die afspraak?'
De Cock haalde wat nukkig zijn schouders op.
'Hoe weet hij zoveel, onze journalist, bijvoorbeeld van dat schilderij aan de Spiegelgracht? Herinner je je, hij was de man die ons tipte.'
Vledder knikte. 'Ja, en hij was ook de man die het sombere naakt ongezien van de antiquair wilde kopen, ongeacht de prijs.'
'Precies, Ter Wielingen zit er tot zijn nekharen in. Zijn interesse is meer dan beroepsmatig. Veel meer. Hij is persoonlijk heel nauw bij deze affaire betrokken. Hij hield van Nanette de Bougaerde en liefde kan een mens op rare wegen voeren.'
De Cock kneep zijn ogen half dicht.
'Maar wat ik vooral vreemd vind, wat ik niet begrijp, is: hoe weet Ter Wielingen dat Nanette inderdaad is *vermoord?* Zie je, het feit dat wij vanmorgen op de gemeentelijke stortplaats het lijk van Nanette hebben gevonden, is op nog geen enkele wijze openbaar gemaakt. Het is buiten die paar mensen van de stadsreiniging en die twee broeders van de Geneeskundige Dienst alleen aan de politie bekend.'
Vledder keek hem bewonderend aan.
'Je hebt gelijk; Ter Wielingen weet veel meer dan hij feitelijk kan weten. En dat is verdacht, vind je niet, hoogst verdacht.'

De Cock knikte. Hij stond van zijn stoel op en beende naar de kapstok. Hij kreeg er weer zin in. Er zat weer schot in de zaak. Hij plantte zijn oude vilten hoed achter op zijn hoofd en hees zich in zijn lekkende regenjas.
'Kom, jongen,' riep hij vrolijk, 'het wordt tijd dat wij vriend journalist Ter Wielingen een zeer toepasselijk spreekwoord voorleggen.'
Vledder keek hem niet begrijpend aan. 'Een spreekwoord?'
'Ken je het niet?' vroeg de rechercheur grinnikend. 'Wie veel weet, heeft veel te verantwoorden.'
Vledder grijnsde met zijn hele gezicht.

Bram ter Wielingen zag er moe uit, afgetobd, alsof hij een nacht niet had geslapen. Zijn grijze ogen stonden dof. Zijn gezicht zag vaal. Zelfs zijn opmerkelijke knevel hing er wat mistroostig bij.
Zijn droeve blik bleef op De Cock rusten.
'Ik had u min of meer verwacht,' zei hij met een diepe zucht. 'Ik ben er eerlijk gezegd voor thuisgebleven.'
'Heel vriendelijk.'
Hij schudde zijn hoofd. 'Het heeft met vriendelijkheid niets te maken. U bent mij een verklaring schuldig. Daar wachtte ik op. Waarom liet u Ronald van Stuchteren vrij?'
Zijn stem klonk dwingend. Hij scheen te menen wat hij zei.
'U hebt hem laten gaan,' ging hij verder, 'zonder de achtergronden behoorlijk te hebben onderzocht. Dat is onvergeeflijk. U liet een moordenaar vrij.'
De Cock keek hem onbewogen aan en reageerde niet.
Bram ter Wielingen begon zich op te winden. Luid riep hij: 'Als u niet binnen vierentwintig uur de moordenaar van Nanette de Bougaerde arresteert, schrijf ik uw reputatie als speurder aan flarden, hoort u? Ik laat in mijn artikelen geen spaan meer van u heel.'
Niet in het minst geïmponeerd wachtte De Cock geduldig tot de journalist was uitgeraasd. Toen stond hij langzaam van zijn fauteuil op. Zijn breed gezicht had een ernstige uitdrukking. Hij stak de jongeman voorzichtig een hand toe. 'Mijn innige deelneming,' zei hij somber, haast plechtig, 'met het verscheiden van Nanette, de jonge vrouw die zich in uw oprechte liefde mocht verheugen. Het bericht van haar dood moet u hebben geschokt.'

Even aarzelde Ter Wielingen. Hij monsterde het gezicht van De Cock, zocht naar een spoor van onoprechtheid. Het was er niet. Toen drukte hij de toegestoken hand. 'Dank u,' zei hij hees.
De Cock zuchtte.
'Ik had de schok graag wat voor u willen verzachten, bijvoorbeeld door persoonlijk de tijding van haar overlijden te brengen. Ik begreep echter uit uw telefoontje dat u al op de hoogte was.'
Ter Wielingen knikte. 'Iemand belde mij op.'
'Wie?'
De journalist maakte een wat vaag gebaar.
'Ik heb . . . eh, kennissen bij de politie. Zij houden mij van interessante zaken op de hoogte.'
De droeve, wat milde uitdrukking op het gezicht van De Cock veranderde. Het werd een koud, hard masker.
'Interessante zaken,' herhaalde hij bijtend, cynisch, 'zoals het vinden van een in stukken gesneden lijk van een dartele jonge vrouw, een vrouw die je hebt gekend, van wie je hield, die je dierbaar was. Heel interessant, ja, voor de pers . . .'
Ter Wielingen sloeg zijn handen voor het gezicht.
'Hou op,' gilde hij. 'Hou op.'
De Cock snoof. Zijn neusvleugels trilden.
'Nanette de Bougaerde . . . Hoe noemde je haar ook weer? O ja, de wilde madelief uit De Drie Rooskens . . . een schat, waauw-waauw, wat een meid. *En je had haar in veertien dagen niet gezien.*' Zijn stem droop van sarcasme.
Ter Wielingen kreunde. De woorden van De Cock deden hem pijn. Ze troffen hem in het diepst van zijn hart. Hij liet zich in zijn fauteuil zakken. Met moeite slikte hij zijn tranen weg.
Ook De Cock ging weer zitten. Zijn woede was weggeëbd. Hij had de jongeman gekwetst, doelbewust, om zijn weerstand te breken. Hij strekte behaaglijk zijn benen en keek de kamer rond. Op de boekenplank stond nog een klein porseleinen vaasje met veldbloemen. De steeltjes bogen al door.
'Als u van het begin af aan,' zei hij kalm, 'wat openhartiger tegen mij was geweest, misschien had ik dan voor de arrestatie van de dader geen vierentwintig uur meer nodig gehad. Misschien wist ik dan nu al wie de moordenaar was.'
Zijn toon werd scherper.

'Beste Ter Wielingen, u hebt nu lang genoeg padvindertje met ons gespeeld. Het wordt tijd dat u opening van zaken geeft.' Hij boog zich dreigend naar voren. 'En geloof me, als u van nu af aan ook maar iets voor mij verzwijgt . . . laat ik geen spaan meer van u heel.'
Onder de diepzwarte snor van de journalist schemerde iets van een glimlach. 'U hebt gelijk,' zuchtte hij. 'Ik heb het aanvankelijk niet zo ernstig ingezien. Ik dacht meer aan een primeur voor mijn krant dan dat ik werkelijk bezorgd was om Nanette. Ziet u, Nanette was in mijn ogen helemaal niet zo'n meisje dat gemakkelijk in moeilijkheden raakt. Ze was daarvoor te zelfstandig, te ongrijpbaar. Begrijpt u, ze was als . . . eh, als kwikzilver. Op dat moment waarop je dacht dat je haar vast in de hand had, glipte ze door je vingers. Zo was ze, als kwikzilver, niet het type om in zeven sloten tegelijk te lopen.'
'Om te verdrinken, is één sloot al voldoende.'
Ter Wielingen knikte traag. 'Inderdaad,' zei hij somber, 'dat is nu wel gebleken. Ze was achteraf toch niet zo ongrijpbaar als ik dacht. Iemand heeft haar te pakken gehad . . .'
Een tijdlang zwegen zij. De Cock was de eerste die de stilte verbrak. 'Uw houding in deze affaire is mij toch niet geheel duidelijk. Bijvoorbeeld, waarom vertelde u ons wel van een bezoek van haar aan de walletjes, iets wat veertien dagen tevoren had plaatsgevonden, terwijl u een afspraak van haar met Ronald van Stuchteren op de dag van haar verdwijning eenvoudig voor ons verzweeg? Het lijkt mij toe dat u ons bewust om de tuin hebt geleid.'
'Dat is ook zo. Ziet u, ik hield van Nanette. Ik wist van haar heimelijke bezoeken aan de walletjes. Het intrigeerde mij. Uiteraard. Maar ik heb er nooit een oplossing voor kunnen vinden.'
De Cock grijnsde. 'En toen dacht u: dit is een mooie gelegenheid. Als ik de recherche een hint geef, dan zoeken ze dat en passant wel even voor mij uit. Is het niet?'
Ter Wielingen zuchtte. 'Het had toch verband kunnen houden met haar verdwijnen,' zei hij verontschuldigend.
De rechercheur knikte. 'Maar u geloofde daar zelf niet in.'
'Nee, eerlijk gezegd hechtte ik helemaal geen geloof aan Nanettes verdwijnen. Ik beschouwde het eenvoudig als een grap, een grap van Nanette om van Die Oude Keuvelaar af te komen.'

De Cock trok zijn wenkbrauwen omhoog. 'Die Oude Keuvelaar?'
'Zo noemde ze makelaar Van Stuchteren.'
'Waarom?'
'Hij vervolgde haar dag en nacht met huwelijksaanzoeken. Van Stuchteren is een rijk man. Hij vertelde haar bij herhaling wat hij haar buiten zijn eigen charmante persoonlijkheid allemaal te bieden had.'
'En?'
Ter Wielingen keek wat verstoord op. 'Wat en?' zei hij kriegel.
'Hoe reageerde Nanette?'
'Ze wilde natuurlijk niets van die oude Van Stuchteren weten. Hij was ook bijna driemaal zo oud als zij. Toen hij almaar bleef aandringen, heeft ze ten einde raad een afspraak met Ronald gemaakt om hem te vragen zijn vader te verzoeken haar verder met rust te laten. Begrijpt u?'
De Cock knikte. 'Ik begrijp het. En die afspraak was op de dag van haar verdwijning?'
'Precies. Ik was die dag nog bij haar in De Drie Rooskens en kocht, zoals u gisteren zo scherpzinnig opmerkte, dat fraaie veldboeketje. Ze vertelde mij toen van haar afspraak met Ronald.'
'Vandaar uw conclusie dat Ronald van Stuchteren Nanette heeft vermoord?'
'Ja, dat spreekt toch voor zich. Nanette is nadien niet meer in leven gezien. Hij moet haar hebben vermoord.'
'En het motief?'
Ter Wielingen haalde zijn schouders op.
'Misschien,' zei hij aarzelend, 'misschien was hij wel bang dat zijn vader uiteindelijk toch met Nanette zou trouwen.'
'Tegen haar wil?'
Het gezicht van Ter Wielingen kreeg een wat pijnlijke uitdrukking. 'Je weet het nooit,' zei hij haast onwillig. 'Geld, geld vormt tenslotte een niet te loochenen verleiding.'
De Cock glimlachte.
'Uw vertrouwen in haar liet ruimte voor twijfels?'
Ter Wielingen maakte een triest gebaar.
'Nanette was een vrouw, nietwaar?'
De Cock keek de jongeman aan. In zijn hart groeide iets van een milde genegenheid, een vorm van sympathie. Het was alsof hij in

het wezen van de journalist iets van zichzelf ontdekte, een gelijke gerichtheid. 'Vertel mij van het schilderij,' zei hij na een poosje. Zijn stem klonk vriendelijk.
'Dat naakt?'
De Cock knikte. 'Inderdaad, dat naakt op de rode sofa.'
'Nanette,' zei de journalist loom, 'verhuurde zich als model. Ze verdiende er op die manier wat bij. Ik was erop tegen.' Hij maakte een hulpeloos gebaar. 'Maar wat kon ik doen? Ik had tenslotte niets over haar te zeggen. Ze was geen type die je iets kon verbieden.'
Pierre Popko, de schilder voor wie zij het meest model stond, had haar eens geschilderd, naakt op een sofa. Het was een bijzonder fraai schilderij. Ik heb het gezien toen het bijna klaar was.'
'Waar?'
'In het atelier van Popko op het Prinseneiland. Ik haalde Nanette daar wel eens af.'
'En?'
'Ik denk dat Nanette er op een of andere manier met de oude Van Stuchteren over heeft gesproken. In ieder geval kocht hij het schilderij van Popko op en hing het in zijn kamer. Ik was woest toen ik het hoorde. Wat moest die vent met Nanette naakt aan de wand? Op een dag ben ik in een balorige bui naar Van Stuchteren gestapt. Ik had tevoren wat moed ingedronken en deed brutaalweg een bod op het schilderij. Ik bezat wel niet zoveel, maar geloof me, ik had er al mijn spaarduitjes voor overgehad.'
Om zijn lippen speelde een glimlach.
'Van Stuchteren keek mij eerst verbaasd aan. Toen het tot hem doordrong wat ik bedoelde, lachte hij mij vierkant uit. Neet, zei hij, kale neet, armtierige pennevoerder . . . En toen liet hij mij al zijn kostbare schilderijen zien. Ik wou hem op zijn poenige snuit timmeren, maar ik sloeg mis. Ik denk dat ik toch wat te veel had gedronken.'
Hij pauzeerde even.
'Gisteravond, nog laat,' zo ging hij verder, 'hing ik wat rond in de buurt van de Keizersgracht.'
'Bij het huis van Van Stuchteren?'
'Ja, u was 's morgens geweest en had mij gezegd dat Nanette was verdwenen en dat Christel haar opsporing had gevraagd. Ik wist

dat ze de avond tevoren een afspraak had met Ronald en hoopte een spoortje van haar te vinden. Ik had er een aardig artikeltje van kunnen maken voor de krant: Journalist vindt vermist meisje.'
De Cock grijnsde. 'Het werd geen artikeltje.'
'Nee,' zuchtte hij, 'het werd geen artikeltje. Ik heb Nanette niet gezien. Ook Ronald niet. Ik zag alleen zo tegen half twaalf de oude Van Stuchteren thuiskomen. Dat was alles. Uiteindelijk gaf ik het op en besloot te gaan slapen. Morgen, zo dacht ik, zou Nanette wel weer boven water komen. Op weg naar huis liep ik langs de stille zijde van de Spiegelgracht. Ik kom daar wel meer. Ik houd van antieke zaken en snuffel graag langs de etalages.'
'En toen ontdekte je het schilderij?'
'Ja, ik wist niet wat ik zag. Ik begreep er geen draad van. Mijn eerste gedachte was: dat schilderij moet ik hebben. Dit is mijn kans. Ik liep naar de dichtstbijzijnde telefooncel, belde de antiquair en vroeg hem het schilderij voor mij vast te houden. Ik gaf hem ook mijn naam. Hij vroeg erom.
Toen ik terugliep naar de Spiegelgracht om het nog eens goed te bekijken, bedacht ik dat het eigenlijk maar vreemd was dat Van Stuchteren het schilderij zo plotseling had verkocht. Er moest iets zijn voorgevallen. Iets waardoor de makelaar plotseling van mening was veranderd en het schilderij niet meer in huis wilde hebben.
Na enig nadenken besloot ik het hem botweg te vragen. Waarom ook niet? Ik liep terug naar de telefooncel, belde hem op en vroeg waarom hij zijn Nanette had verkocht.
Van Stuchteren toonde zich niet eens verbaasd. Hij zei dat het schilderij uit zijn huis was gestolen. Hij had de diefstal nog geen tien minuten tevoren bemerkt. "Wel", zei ik, "het hangt bij de antiquair".'
De Cock knikte. 'En toen je aldus,' zei hij somber grijnzend, 'Jan en alleman had wakker geschud, gaf je ook nog een vage tip aan de recherche, een raadseltje om de jongens bezig te houden.'
Ter Wielingen boog het hoofd.

17

'Zou Bram ter Wielingen zich aan zijn afspraak houden? Zou hij het bericht van de moord op Nanette echt niet in zijn krant publiceren? Het is tenslotte groot nieuws,' merkte Vledder op.
Ze liepen van het huis van de journalist door de binnenstad terug naar het politiebureau aan de Warmoesstraat. Het regende nog steeds. De felle kleuren van de lichtreclames weerspiegelden in het natte asfalt.
De Cock tilde de kraag van zijn regenjas wat omhoog en trok zijn oude vilthoed dieper op zijn oren. 'Ik heb hem als tegenprestatie een primeur beloofd,' bromde hij. 'Als ik weet wie Nanette heeft vermoord, is hij de eerste die het bericht krijgt.'
'Waarom ben je er eigenlijk zo op gebrand dat het bericht van Nanettes dood uit de pers blijft? Er zijn toch al genoeg mensen die het weten?'
'Broeder Laurens?'
Vledder haalde zijn schouders op. 'Als de broeder haar heeft vermoord, heeft hij geen persbericht meer nodig.'
'Precies, daarom. Het interesseert me wat broeder Laurens weet. Is hij al op de hoogte van haar dood? Zo ja, vanwaar die wetenschap?' Vledder knikte peinzend. 'Beschouw je hem als verdachte?'
De Cock zuchtte.
'Och, niet meer of minder dan de anderen met een redelijk motief.'
'Zoals?'
'Makelaar Van Stuchteren . . .'
Hij sprak de naam zo achteloos uit, dat Vledder zijn pas even inhield.
'De oude?'
De Cock knikte traag.
Ineens begon het te stortregenen. Ze liepen midden op de Dam, op de kleine steentjes. Het was een plotselinge felle plensbui. Vledder rende het open plein af. Aan het Damrak vluchtte hij de hal van De Roode Leeuw binnen. Daar bleef hij hijgend staan en

keek naar De Cock, die als een vreemd waggelende eend achter hem kwam aanhollen. Vledder schoot in de lach. De Cock in draf was nu eenmaal een koddig gezicht.
Bij de ingang bleven ze een tijdje staan en keken naar de bui, die ineens alle mensen van de straat had verdreven.
De Cock sloeg zijn hoed uit en veegde met een zakdoek zijn gezicht droog. Daarna pakte hij Vledder bij zijn arm.
'Kom, jongen,' zei hij wat rillerig. 'Ik heb iets nodig wat de kilte uit mijn botten jaagt. Ik trakteer op koffie met cognac.'
Ze gingen door de draaideur naar binnen.
Er waren niet veel mensen in de gelagkamer. De rechercheurs hingen hun natte regenjassen aan een kapstok en vonden zonder veel moeite een onbezet tafeltje bij het raam.
Een haast geruisloze ober bracht de bestelling.
Toen hij was verdwenen, zei Vledder: 'Je meent toch niet in ernst dat makelaar Van Stuchteren een redelijk motief had om Nanette te vermoorden?'
De Cock antwoordde niet. Hij lurkte met zichtbaar welbehagen aan zijn met cognac verzwaarde koffie.
'Drink eerst,' zei hij joviaal, 'dat doet je goed. Mensen in ons beroep hebben zo'n opkikkertje op z'n tijd nodig.'
'Maar de oude Van Stuchteren wilde met haar trouwen. Je vermoordt toch geen vrouw met wie je van plan bent in het huwelijk te treden!'
De Cock nam nog een slok van zijn koffie.
'Wraak, gekwetste ijdelheid. Als je goed naar het verhaal van Ter Wielingen hebt geluisterd, dan heb je gehoord dat onze Nanette nu niet bepaald vleiend over de oude Van Stuchteren sprak. Ze maakte hem zelfs belachelijk en noemde hem spottend Die Oude Keuvelaar. En dat getuigt toch van weinig eerbied voor je aanstaande echtgenoot.'
Hij zweeg even.
'Stel nu eens,' ging hij docerend verder, 'dat Nanette de Bougaerde inderdaad in een huwelijk met Van Stuchteren had toegestemd en de makelaar was er daarna op een of andere manier achtergekomen dat het meisje geen enkele genegenheid voor hem koesterde, integendeel, dat ze hem bedroog en in gesprekken met anderen bespottelijk maakte . . . dan heb je aardig wat voorwaarden

voor een crime passionnel.'
Vledder keek zijn leermeester bewonderend aan.
'Inderdaad, je hebt gelijk. Aan die mogelijkheid had ik nog niet gedacht.'
Hij kauwde peinzend op zijn onderlip.
'Als we daar nu eens van uitgaan, jouw redenering volgend, met wie zou Nanette hem dan hebben bedrogen? Ter Wielingen? Uit de gesprekken die wij met hem hebben gevoerd, blijkt nauwelijks iets van een verhouding.'
De Cock schudde het hoofd.
'Niet Ter Wielingen, maar Pierre Popko.'
Vledder keek hem verbaasd aan.
'Wie is Pierre Popko?'
'De maker van het schilderij het sombere naakt. Ik heb dat van Ronald. Hij vertelde mij ook dat zijn vader Nanette controleerde.'
'Controleerde?'
De Cock knikte.
'Zie je, toen Van Stuchteren eenmaal besloten had Nanette te trouwen, wilde hij niet dat zij voor de schilder nog langer model stond. Hij vertrouwde die Pierre Popko niet.'
De ogen van Vledder begonnen te glinsteren.
'Maar dat is prachtig,' riep hij enthousiast, 'gewoon prachtig. Dan hebben we de zaak toch rond. Makelaar Van Stuchteren ontdekt bij een van zijn controles dat Nanette hem bedriegt, ontsteekt daarover in woede en vermoordt haar.'
De Cock stak afwerend een hand op.
'Ho, ho,' riep hij lachend, 'Zo eenvoudig is het niet. Je bent weer veel te haastig. Zoals altijd zie je in je jeugdig enthousiasme een paar simpele feiten over het hoofd. Je moet bedenken . . .'
Plotseling stokte hij, midden in de zin. Zijn grijze ogen kregen een wat vreemde uitdrukking, haast schichtig. Hij keek langs Vledder heen. 'Kijk niet om,' zei hij hees, 'nog niet. Achter je staat Christel van Daele. Ze komt net de gelagkamer binnen. Er is een man bij haar, een lange vent met een baard.'

Ze stonden weer buiten op het Damrak. Het regende nog wel, maar de plensbui had opgehouden. Langs hen heen schuifelden mensen onder paraplu's.

Vledder trok een verongelijkt gezicht.
'Was dat nou nodig?' vroeg hij brommerig. 'Moest dat nou? Verdomme nog aan toe. En al had ze ons gezien, wat dan nog? Het is zaterdagavond, weet je. Gewoon zaterdagavond. Kijk om je heen. De mensen gaan uit. Wat is daar nu voor vreemds aan? Christel van Daele is op stap met een vriend, een lange vriend met een baard. Nou èn?' Hij haalde zijn neus op; een gebaar vol minachting.
'Jij zoekt overal wat achter. Bespottelijk. Sluipen wij daar als dieven de gelagkamer uit, alleen maar omdat jij niet wilt dat Christel van Daele ons ziet. Gewoon idioot. Het viel me waarachtig nog mee dat je de ober betaalde.'
De Cock floot tussen zijn tanden door een St. Nicolaasliedje. Als hij floot, floot hij altijd een St. Nicolaasliedje, of de goedheilig man nu in het land was of niet. Het maakte geen verschil. De protesten van Vledder gingen langs hem heen. Ze deerden hem niet. Hij wist wel wat zijn leerling bezighield. De jongen dacht natuurlijk aan Celine, zijn meisje. Het was ook voor haar zaterdagavond. En zolang de zaak Nanette niet was opgelost . . .
Hij bleef plotseling midden op het trottoir staan en keek op zijn horloge. Het was goed negen uur.
'Je moest maar naar haar toe gaan, jongen,' zei hij vriendelijk. 'Ze zal wel op je zitten wachten. Denk je niet?'
Vledder monsterde het gezicht van zijn leermeester. Het leek hem toe dat De Cock eenvoudig zijn gedachten las. Het was soms griezelig. Hij slikte iets weg. 'Ik . . . eh, ik denk het wel, ja.'
De Cock knikte hem toe.
'Morgenochtend om tien uur is er sectie. Zorg er in ieder geval voor dat je op tijd bij het sectielokaal bent om dokter Rusteloos te ontvangen. Na afloop zie ik je wel weer op het bureau.' Hij gebaarde. 'Ben ik er eventueel niet, dan weet de wachtcommandant wel waar ik te bereiken ben.'
Hij klopte zijn leerling op de schouder. 'Doe haar de groeten van me.'
Vledder bleef aarzelend staan.
'En jij?' vroeg hij achterdochtig. 'Wat ga jij doen?'
'Ik zal zien dat ik vanavond Ronald van Stuchteren nog te pakken krijg.'

'Ronald van Stuchteren?'
'Ja.'
'Waarom?'
De rechercheur glimlachte. 'Heel simpel, om hem te vragen hoe donderdag jongstleden zijn afspraak met Nanette verliep.'

'Ben je alleen thuis?'
'Nee, vader is er ook. Komt u binnen.'
Ronald van Stuchteren ging De Cock voor. Ze liepen achter elkaar door een lange witmarmeren gang. Hun voetstappen klonken hol en weerkaatsten tegen de wanden. Aan het einde van de gang liep een brede trap omhoog.
'Vader zal verrast zijn.'
'Hoezo?'
'Ik denk niet dat hij nog bezoek verwacht.'
'Mijn bezoek geldt ook eigenlijk u, niet uw vader.'
Ronald keek verbaasd om. 'Mij?'
De Cock knikte. 'Als uw vader toch thuis is, lijkt het mij goed dat hij het onderhoud bijwoont. We zouden een aantal misverstanden uit de weg kunnen ruimen.'
Ze bestegen de brede, marmeren trap. Boven, op een zwart granieten console, stond een bronzen Mercuriusbeeldje, een kopie van de Mercurius in de Effectenbeurs.
Bij een ruime, hoge deur bleef Ronald staan. Hij aarzelde. Het was net alsof hij iets in zichzelf moest overwinnen. Het duurde maar even. Toen deed hij de deur open en stapte naar binnen.
'Vader,' riep hij luid, 'hier is rechercheur De Cock.'
UIt een brede fauteuil met een hoge leuning rees de gestalte van makelaar Van Stuchteren op. Hij zag er heel huiselijk uit, een leesbril half op de neus, in een verkreukelde kamerjas en grote vilten pantoffels aan de voeten. Hij had zo weinig van een grandseigneur.
'Met . . . eh, ceeooceekaa.'
De Cock knikte.
'Inderdaad, u hebt het goed onthouden.'
Van Stuchteren glimlachte beleefd.
'Gaat u zitten,' zei hij breed gebarend. 'Wat verschaft ons het genoegen van uw bezoek? Wenst u iets te drinken? Een sherry, of

prefereert u iets anders?'
'Cognac, graag.'
'Ronald . . .' De stem klonk dwingend, overheersend, autoritair.
'Ja, pa.'
De jonge Van Stuchteren reageerde onmiddellijk. Hij kiep naar een fraaibewerkte, eikehouten kast aan de wand en kwam terug met een flonkerend cognacglas en een fles oude Franse cognac.
De Cock herkende het etiket.
Ronald keek hem vragend aan.
'Wilt u het glas verwarmd?'
De Cock schudde het hoofd.
'Laat maar. Het warmt wel in de hand.'
'O, zoals u wilt.'
Het klonk schuchter, haast benepen.
De Cock fronste zijn wenkbrauwen. Dit was niet de Ronald van Stuchteren die hij kende; niet de jongeman die hij spontaan, fel, emotioneel had zien reageren. Onder de spiedende ogen van de vader gedroeg hij zich vreemd, nerveus, slaafs onderdanig. Alsof hij niet zichzelf was, maar een marionet, met duizend onzichtbare draden verbonden aan de strenge wil van die man in zijn grote vilten pantoffels.
Ronald schonk in.
De Cock liet het glas tussen zijn vingers schommelen en snoof de prikkelende geur van de cognac op. Onderwijl liet hij zijn blik door de kamer dwalen. Het zag er smaakvol uit. Hoewel de kamer bijzondere afmetingen had, bijna die van een zaal, en slechts schaars was gemeubileerd, was er toch sprake van een zekere intimiteit, een warme beslotenheid, die weldadig aandeed.
De wanden waren bijna geheel met schilderijen bezet. Ze waren er van verschillende grootte. De meeste figuratief. Als concessies aan het strak-figuratieve ontdekte De Cock twee werkjes van Renoir en enige doeken van minder bekende Franse impressionisten.
Er was geen open plek. De plaats waar ergens aan de wand het sombere naakt had gehangen, was weer aangevuld.
De oude Van Stuchteren sloeg De Cock nauwkeurig gade.
'U interesseert zich voor schilderijen?'
De Cock nam een slok van zijn cognac.
'In zijn algemeenheid, nee, schilderijen hebben niet mijn interes-

se. Slechts wanneer een doek bepaalde emoties bij mij opwekt, appelleert aan gevoelens die in mij leven, laat ik mij tot een nadere beschouwing verleiden. Eerder niet.'
Van Stuchteren glimlachte.
'Het is een criterium. Vind je niet, Ronald? Het is een criterium.'
De jongeman was in een fauteuil gaan zitten, keurig, de benen over elkaar geslagen, de slanke handen voor zich uit, met de vingertoppen tegen elkaar.
'Ja, pa,' antwoordde hij zacht, 'het is een criterium.'
Hij herhaalde het zonder enige intonatie, haast mechanisch. De Cock keek naar de beide mannen voor zich. Vader en zoon, totaal verschillend. En in hun beider leven was een Nanette de Bougaerde gekomen, knap, frivool, dartel, en ongetwijfeld een tikkeltje gemeen.
De Cock zette zijn glas even neer en gebaarde.
'Bijvoorbeeld dat schilderij, dat omstreden naakt op de rode sofa, dat trof mij buitengewoon. Zelfs wanneer ik niet met de oplossing van deze onverkwikkelijke affaire was belast, dan nog zou ik niet aan dit schilderij zijn voorbijgegaan. Het boeide mij vanaf het eerste moment. De intense droefheid in de ogen, de sombere impressie van het naakte lichaam, ontluisterd, haast steriel, zonder leven, zonder enige prikkeling of extase. Het was alsof de schilder, onbewust, rond zijn model al de schaduw van een naderend onheil had gezien en weergegeven. Over het doek hing reeds de zwarte sluier van de dood.'
Nadat hij was uitgesproken, heerste er lange tijd een vreemde stilte. Het leek of de woorden van De Cock in de kamer bleven zweven. Ze ebden niet weg. Ze vermengden zich met het ruisen van de regen buiten. Op de schoorsteenmantel knabbelde een Engelse pendule aan de eeuwigheid.
Ronald zag bleek. Zijn vingers trilden. De oude Van Stuchteren verschoof zijn voeten. Hij was de eerste die het zwijgen verbrak.
'Pierre Popko,' zei hij met een wat hese stem, 'is een bekwaam schilder, ongetwijfeld. Maar ik wil toch niet zover gaan, hem paranormale begaafdheden toe te dichten. Ik geloof, meneer De Cock, dat uw rijke verbeelding u parten heeft gespeeld. U zag in het schilderij bepaald meer dan erin te zien was.'
De Cock glimlachte beminnelijk. 'Nanette is dood, nietwaar?'

De oude Van Stuchteren knikte. 'Ronald vertelde het mij. U had tijdens zijn verhoor laten doorschemeren dat ze was vermoord.'
'Inderdaad, vermoord, gruwelijk vermoord. Ik wil u de bijzonderheden besparen, althans . . .' hij wachtte even voor het effect, 'voor zover één van u beiden die nog niet kent . . .'
De reactie kwam niet direct. Het duurde enige seconden. Toen sprong de oude Van Stuchteren op. Zijn vingers bewogen krampachtig. De ogen flikkerden. 'Wat wilt u daarmee zeggen?'
Iedere vezel van het lichaam van De Cock was gespannen. Hij had nog diezelfde morgen iets van de onstuimige lichaamskracht van de makelaar gezien, herinnerde zich de pijnlijke hals van Vledder en besloot tot uiterste waakzaamheid.
Hij wees in de richting van Ronald.
'Uw zoon,' zei hij kalm beschuldigend, 'had op de dag van Nanettes verdwijning nog een afspraak met haar. Nadien is ze niet meer in leven gezien.'
Het gezicht van de oude Van Stuchteren verstarde. Hij keek van Ronald naar De Cock en terug. 'Jij, Ronald?'
Onder de felle blikken van de vader begon de jongeman te beven. Hij knikte nauwelijks merkbaar. Zijn mond ging half open. Er kwam geen geluid.
Een ogenblik was De Cock bang dat Van Stuchteren zijn zoon zou slaan. Maar de makelaar beheerste zich.
'Jij . . . had een afspraak met Nanette?'
'Ja, pa.'
'Buiten mij om?'
Ineens scheen er iets in de jongeman te knappen. Het leek De Cock toe dat hij zich plotseling losscheurde, de duizend draden verbrak die hem aan de wil van zijn vader verbonden. Hij hield op marionet te zijn. Zijn houding veranderde. Hij keek zijn vader bewust in de ogen.
'Ja,' riep hij fel, 'buiten u om. Op een dag ben ik naar Nanette in De Drie Rooskens gestapt. Ik zei haar dat ik haar wilde spreken, alleen, onder vier ogen. Niet waar u bij was, omdat ik mij dan toch niet op mijn gemak zou voelen. Dat zei ik haar. Ik zei ook dat ik feitelijk wel recht had op zo'n gesprek als . . . eh, als zij mijn moeder werd. Zij weigerde eerst, lachte me uit, maar beloofde uiteindelijk toch te komen.'

De Cock kwam tussenbeide.
'Jij maakte dus een afspraak met Nanette en niet andersom. Ik bedoel, het initiatief ging dus van jou uit?'
Ronald keek hem verbaasd aan. 'Ja, ik . . .'
'Waar zou ze komen?'
'U bedoelt, waar de afspraak was?'
'Ja.'
'Hier in dit huis.'
'Waar wilde je haar over spreken?'
De jongeman begon te grinniken, vreemd, vreugdeloos, met een tot een grijnsvertrokken gezicht.
'Ik . . . eh, ik had helemaal niets met haar te bespreken. Ik wilde haar eenvoudig doden . . . doden . . . doden . . .'
Hij bleef het herhalen in een niet te stuiten cadans.
De oude Van Stuchteren pakte zijn zoon bij de schouders vast en schudde hem heftig heen en weer.
'Houd je mond,' siste hij, 'houd je mond!'
Ronald scheen het nauwelijks te merken.
'Ze kwam niet,' zei hij, hoofdwiegend. 'Ze kwam niet. Ze kwam helemaal niet . . .'
Om zijn lippen speelde de lach van een dwaas.
De oude Van Stuchteren liet zijn zoon los, draaide zich om en richtte zich tot De Cock. 'Wanneer had hij die afspraak?'
'Donderdag, donderdagavond.'
Enige momenten stond de makelaar tussen zijn zoon en de rechercheur. De Cock zag hem denken. Snel. In fracties van seconden overwoog hij een veelheid van factoren. Toen ging hij zitten en zuchtte diep. 'Mijn zoon,' zei hij plechtig, 'mijn zoon heeft Nanette niet vermoord. Ik kan dat getuigen. Ik was die avond bij hem.'

18

'Wat zei dokter Rusteloos?'
Vledder grijnsde.
'Hij beklaagde zich erover dat wij hem altijd juist tijdens de weekeinden nodig hadden. Hij vroeg zich af of de recherche in een week geen andere dagen kende dan alleen de zaterdag en de zondag.'
De Cock lachte. 'Was hij in een slecht humeur?'
'Welnee. Ik heb hem eigenlijk nog nooit in een slecht humeur gezien. Hij weet toch dat wij er ook niets aan kunnen doen.'
'Hoe verliep de sectie?'
Vledder trok een vies gezicht.
'Ik zal er nooit aan wennen. Het was dit keer ook wel bijzonder gruwzaam. Al die afzonderlijke delen . . .'
'Wat dacht de dokter van de verminkingen?'
Vledder pakte zijn notitieboekje.
'Ik heb het voor je opgeschreven. Het was interessant. Wacht, hier heb ik het. *De amputaties zijn met enige deskundigheid uitgevoerd. De bedrijver moet een meer dan gebruikelijke kennis van de anatomie – het skelet, loop en aanhechtingen van de spieren – worden toegedicht.*'
Hij klapte het boekje weer dicht. 'Wel, hoe vind je dat?'
De Cock maakte een lichte schouderbeweging.
'Wat moet ik daarvan vinden?'
Vledder zuchtte demonstratief.
'Denk eens aan broeder Laurens!' riep hij geprikkeld. 'Wat denk je van zijn kennis van de anatomie. Die broeder-verplegers zijn vaak halve doktoren.'
De Cock knikte traag.
'Wat zei dokter Rusteloos van de doodsoorzaak?'
Vledder voelde zich door het geringe enthousiasme van De Cock wat verongelijkt. 'Wurging,' zei hij nukkig.
'Wurging?'
'Ja.'
'Hoe?'

'Met een sjaal of een nylonkous. Het kon ook met de handen zijn gebeurd. Door de verminkingen viel het niet meer precies vast te stellen. Dokter Rusteloos was er echter van overtuigd dat de jonge vrouw eerst was gewurgd en dat de amputaties op een later tijdstip hadden plaatsgevonden.'
'Veel later?'
'Volgens de dokter hoogstens enige uren.'
'Waren er nog sporen van een gevecht, een worsteling?'
Vledder schudde het hoofd.
'Er was niets wat er op wees. Geen zichtbare beschadigingen aan het huidoppervlak. Geen onderhuidse bloedingen.'
'Urinelozing?'
'Vermoedelijk niet. Er zat nog urine in de blaas.'
De Cock knikte peinzend.
'Mooi,' zei hij, 'heel mooi. Heb je, in verband met mogelijk morfinegebruik, dokter Rusteloos nog gevraagd uit te zien naar punctieplekjes, sporen van het gebruik van een injectienaald?'
Vledder maakte een grimas. 'Als ik zoveel noten op mijn zang had, was ik zelf naar de sectie gegaan.'
De Cock keek hem quasi-verbaasd aan.
'Waarom? Ik heb toch een goede assistent.'
Bij Vledder brak weer iets van een glimlach door.
'Er waren geen punctieplekjes,' zei hij met een geaffecteerd stemmetje, 'althans niet van een recent verleden. Natuurlijk zal er nog een toxicologisch onderzoek moeten volgen. Tevreden?'
De Cock lachte. 'Meer dan tevreden.'
Vledder schoof zijn stoel wat dichter bij het bureau van De Cock en ging er op zijn gemak bij zitten.
'Ik ben altijd weer blij dat zo'n sectie voorbij is. Hoe is het anders gisteravond gegaan? Heb je Ronald nog te pakken gekregen?'
'Ja.'
'En?'
'Hij gaf toe dat hij een afspraak had met Nanette. Hij had donderdag de hele avond op haar zitten wachten, maar Nanette was niet gekomen.'
Vledder grijnsde.
'Kan hij gemakkelijk zeggen.'
'Inderdaad, maar zijn vader verschaft hem een sluitend alibi. Hij

zegt dat hij kan getuigen dat Ronald Nanette niet vermoordde. Hij was de hele donderdagavond in zijn gezelschap.'
Vledder trok een denkrimpel in zijn voorhoofd.
'Maar,' zei hij wat aarzelend, 'dan vormen die twee een alibi voor elkaar. En dat is moeilijk te doorbreken.'
De Cock wreef met een vlakke hand langs zijn gezicht.
'Vader en zoon Van Stuchteren,' zei hij peinzend, 'een twee-eenheid, misschien voor het eerst van hun leven.'
Hij staarde een tijdje dromerig voor zich uit. De ellebogen steunend op zijn bureau, de handen onder de kin. Hij keek naar een verdwaalde vlieg die rustig over zijn vloeiblad tippelde. Zo nu en dan bleef ze staan en wreef de voorpootjes over elkaar. De bewegingen van de vlieg hielden hem een poosje geboeid. Toen ze wegvloog, kwam hij wat moeizaam overeind. Hij liep naar zijn kast aan de wand en nam er iets uit. Daarna waggelde hij naar de kapstok.
'Als je voldoende van de sectie bent uitgerust,' zei hij licht spottend, 'zou ik graag weer op pad gaan.'
'Op pad? Waar wil je heen?'
De Cock plantte zijn oude hoed achter op zijn hoofd.
'Naar Amsterdam West, naar Osdorp. Er is daar een flatgebouw, Moerenburg, Boutenmoer, of . . .'
Hij diepte een verfrommeld papiertje uit de borstzak van zijn colbert en bekeek een paar krabbels.
'O, het is Moerenburg.'
Het gezicht van Vledder plooide zich in onbegrip.
'Moerenburg? Hoe kom je aan Moerenburg?'
De Cock grijnsde breed. 'Toen jij vanmorgen naar de sectie was, heb ik niet stilgezeten. Ik heb een uitgebreid bezoek gebracht aan het Amsterdamse bevolkingsregister.'
'Op zondag? Dan is het toch gesloten?'
De Cock knikte.
'Ik heb referendaris Slosser echter bereid gevonden enige uren van zijn zondagsrust op te offeren en een paar zaken voor mij na te kijken.'
Vledder keek zijn leermeester wat verward aan.
'Zaken? Wat voor zaken?'
'Als je goed had nagedacht,' zei De Cock zacht verwijtend, 'dan

had je die vraag niet hoeven te stellen. Dan had je het geweten. In ieder geval was Moerenburg het resultaat. En daar gaan wij nu heen.'
Met gebogen hoofd, nog namokkend over het verwijt en peinzend over het hoe en waarom van Moerenburg, liep Vledder achter zijn leermeester aan de recherchekamer af.
Ineens zag hij aan de hand van De Cock iets bengelen. Het was de pop, de oude plastic pop met de starre glimlach en het ene been, die De Cock van de gemeentelijke stortplaats had meegenomen.
'Wat moet je met die vieze pop?'
De vraag was eruit. Te snel. Vledder realiseerde zich dat onmiddellijk. Hij had ook die vraag niet moeten stellen. Hij had eerst moeten nadenken. De Cock deed nooit iets voor niets. Hij had met alles een bedoeling, ook met de pop, natuurlijk, ook met de pop.
De Cock draaide zich langzaam om. Hij keek Vledder aan. In zijn ogen lag een haast bedroefde uitdrukking.
'Je begrijpt er nog niet veel van. Is het wel?'
Vledder schudde somber zijn hoofd.
'Nee,' zei hij benepen, 'ik moet bekennen . . .'
De rechercheur glimlachte.
'Kom nu maar mee, jongen,' zei hij vriendelijk. 'Ik zal het je later heus allemaal wel uitleggen.'

Moerenburg in Amsterdam-Osdorp.
De buitenste van een rijtje vriendelijk open flatgebouwen, gezet in de vorm van een wijd uitgezakte 'L', acht verdiepingen hoog, centraal verwarmd, ruime liften, en meer dan honderd gelijkvormige flatjes met een ruime woonkamer, twee slaapvertrekken, een keukentje, een hal, een douche, een W.C. en een eigen vrije ingang.
Vledder parkeerde hun Volkswagentje aan de achterzijde van het gebouw. De Cock stapte uit, de pop in de hand. Vledder sloot het wagentje af en kwam achter hem aan. Samen liepen ze naar de ingang.
Bij de liften bleef De Cock staan en haalde opnieuw het verfrommelde papiertje uit de borstzak van zijn colbertje. Hij wees Vledder op een reeks getallen.

'Dat zijn nummers,' zei hij verklarend, 'van flatjes waar gezinnen met kinderen wonen. Meisjes. Flatjes van gezinnen met alleen jongens heb ik niet genoteerd.'
Vledder slikte. 'Heb je dat van het bevolkingsregister?'
De Cock knikte.
'Ik wil eerst vaststellen of dit Moerenburg het goede flatgebouw is.'
'O.'
'Zie je, zo'n oude pop heeft karakteristieken. Kinderen hebben er mee gespeeld. Ze hebben er hun merktekens op achtergelaten, er hun fantasieën aan gehecht.'
Hij schudde zijn hoofd, keek bijna vertederd naar de starre glimlach van het poppegezicht.
'En als ze 's avonds waren moegespeeld, heeft een moeder de pop opgepakt en opgeborgen. En dat niet één keer, maar honderden keren.'
In de ronde patrijspoorten van de schacht werd het licht van een lift zichtbaar. De deuren zoefden open en een aantal mannen, vrouwen en kinderen kwamen naar buiten.
Een jochie van een jaar of acht keek in het passeren naar De Cock en de pop in zijn hand. Een paar passen nog liep hij door. Toen bleef hij staan, draaide zich om en kwam schoorvoetend terug. Nog voor De Cock in de lege lift stapte, sprak hij hem aan.
'Heeft u die pop gevonden, meneer?'
De rechercheur keek op het jochie neer. Het ventje zag er keurig uit. Hij droeg een lange, grijze broek, een blauw blazertje met koperen knopen en een jockeypet.
'Hoezo?'
'Het is de pop van mijn zusje.'
'Zo, zo, wel, wel.' Hij was onthutst door het plotselinge succes.
'Zie je, ik zou de pop graag aan je moeder willen teruggeven. Ik ben aan het zoeken. Ik weet namelijk niet in welke flat jullie wonen.'
Het jochie lachte beleefd.
'Drieënnegentig, meneer. Zal ik het wijzen? Het is op de derde gaanderij.'
'Heel graag.'
Ze gingen in de lift. Op de derde verdieping rende de jongen al voor de beide mannen uit. Hij liet de toegangsdeur van flat drie-

ënnegentig openstaan.
'Moeder, moeder,' hoorden ze hem roepen, 'buiten is een man, die heeft Elly's pop.'
Het duurde even. Toen verscheen in de hal van de flat een jonge vrouw. De Cock schatte haar voor in de dertig. Ze zag er aantrekkelijk uit, fleurig, in een fris zomers japonnetje. Ze keek van Vledder naar De Cock. Een blik vol wantrouwen. Op haar wangen lagen blosjes van opwinding.
De Cock glimlachte zijn beste glimlach.
'Dit is de pop van Elly, heb ik begrepen?'
Het vrouwtje knikte. 'Dat is Bibetje.'
'Hoe?'
'Bibetje, zo noemt mijn dochtertje de pop. Ze is er nogal wild mee. Je moet er zo op letten. Als ze ergens een raam open ziet staan en ze krijgt even de kans, dan gooit ze de pop naar buiten. U hebt het oude ding zeker op straat gevonden. Ik ben de pop eerlijk gezegd al een paar dagen kwijt.'
'Sinds wanneer? Kunt u zich dat nog herinneren?'
Haar gezicht kreeg een peinzende uitdrukking.
'Laat eens kijken . . . Ik denk donderdag, ja, dat moet donderdag zijn geweest. Toen heeft ze er nog mee gespeeld.'
De Cock knikte.
'Mooi, heel mooi.' Hij reikte de pop over. 'Wel, hier hebt u Bibetje dan weer terug.'
Het vrouwtje nam de pop aan en bekeek haar aandachtig.
'Waar hebt u de pop gevonden?'
De Cock aarzelde. Hij had die vraag niet willen beantwoorden. Wat verlegen krabde hij achter in zijn nek.
'Op de vuilnisbelt aan het zijkanaal F.'
'Op de vuilnisbelt?'
'Inderdaad.'
Het vrouwtje keek hem aan; een uitdrukking van verbazing en ongeloof op haar gezicht. Ze liet de pop vallen en streek met beide handen langs haar japonnetje.
'Hoe . . .?' stamelde ze. 'Hoe komt die pop daar terecht? En hoe wist u . . .?'
De Cock stak afwerend een hand op.
'Misschien,' zei hij vriendelijk, 'vertel ik het u nog wel, dezer

dagen. Voorlopig alleen dit: let u met uw dochtertje in het vervolg niet alleen op open ramen, maar in de keuken ook op de klep van de stortkoker.'
Hij boog tot afscheid.
Het vrouwtje keek op de gaanderij de beide mannen na.
'Komt u dan wel,' riep ze, 'als mijn man thuis is.'
De Cock wuifde.
'Een preuts volkje,' bromde hij, 'hier in dat Moerenburg.'
Vledder keek zijn oude leermeester grijnzend aan.
'Je bent je charme kwijt. Dat is het. Bovendien, ik vraag mij af hoe jouw vrouw zou hebben gereageerd, wanneer er plotseling twee kerels bij haar aan de deur waren verschenen met een vieze, oude pop, die ze op een vuilnisbelt hadden gevonden?'
De Cock antwoordde niet.
Hij keek schuin omhoog naar de nummering van de flats. Het had zijn volle belangstelling. De laatste flat van de derde verdieping, zo zag hij, had nummer 105. Verder eindigde de gaanderij weer in een ruimte met liften.
'Als het goed is,' mompelde hij, 'ligt honderddrieëntwintig boven drieënnegentig.' Hij sprak meer tot zichzelf dan tegen Vledder. 'Het moet haast wel.'
Vledder haalde zijn schouders op. 'Als je mij eerst eens vertelde wat de bedoeling is. Misschien kon ik je dan helpen.'
De Cock knikte wat afwezig. 'Ja, natuurlijk.'
Toen de lift verscheen, stapten ze in en gingen een verdieping hoger. Opnieuw liepen ze de gaanderij af. De Cock voorop. Plotseling bleef hij staan en Vledder las 123.
'Moet je hier zijn?'
'Ja.'
'Er staat geen naam op de deur.'
'Nee.'
'Wie woont hier?'
'Dat . . . eh, dat weet ik niet.'
Vledder wond zich een beetje op. Het bloed steeg naar zijn hoofd. Het geheimzinnige gedoe van De Cock kietelde zijn zenuwen.
'Verdomme,' riep hij, 'zeg dan wat je wil!'
De Cock keek verstrooid op.
'Wat ik wil? Naar binnen, gewoon naar binnen.'

Vledder zuchtte.
'Ik denk niet dat er iemand thuis is. Moet je maar zien, alle gordijnen zijn dicht.'
De Cock grijnsde. 'Daar heb ik min of meer op gerekend.'
Hij keek spiedend de gaanderij af. Toen hij niemand zag, haalde hij een klein stalen apparaatje uit zijn zak en begon daarmee aan het slot te morrelen.
Vledder keek verbaasd toe. 'dat . . . dat kun je niet doen,' stotterde hij. 'Als de bewoner zich beklaagt . . .'
'Ik denk niet dat hij dat doen zal.'
Voorzichtig tastend met de gevoelige toppen van zijn vingers, morrelde de rechercheur verder aan het slot.
De Cock was zeer bedreven in het openen van de meest uiteenlopende sloten. Hij wist alles van kruizen en repen, cilinders en klavieren. Jaren geleden had hij persoonlijk les gehad van vriend en inbreker Handige Henkie. Toen Henkie na zijn laatste kraak besloot voortaan het smalle, maar eerlijke pad te bewandelen, had hij zijn uitrusting aan De Cock overgedaan, een weemoedig offer op het altaar der deugdzaamheid. De Cock had het offer aanvaard. Bij voorkomende gelegenheden maakte hij er een bescheiden gebruik van.
Plotseling had hij de deur van de flat open. Hij wenkte Vledder. Samen gingen ze naar binnen. Behoedzaam sloot De Cock de deur weer achter hen.
Zachtjes, op hun tenen, slopen ze verder.
Vanuit een kleine hal kwamen ze in een ruime woonkamer. Er hing een wat schemerig duister. Door de toegeschoven overgordijnen drong slechts schaars wat daglicht naar binnen. Het was genoeg om alles te onderscheiden.
Ongeveer in het midden van de kamer stond een bankstel, groot, pompeus, van zwart ribfluweel en glimmend chroom. Achter het bankstel, rechts bij het raam, stond een grote, ronde schemerlamp. Daarnaast hingen wat draadplastiekjes aan de wand. Links, op een blank dressoir, stond een lelijke groenglazen pul met sprietige maïskolfstengels. Het was alles koud en kil, alsof in de flat een zorgzame vrouwenhand ontbrak.
Vledder stootte De Cock met zijn elleboog aan.
'Waar moet ik naar zoeken?' vroeg hij gedempt.

De Cock maakte een schouderbeweging.
'Kijk maar wat rond,' fluisterde hij zacht. 'Wees wel voorzichtig. Blijf overal met je handen af. Raak zo weinig mogelijk aan.'
'Okee, boss.'
De Cock wierp zijn leerling een vernietigende blik toe. Hij had nu eenmaal een hekel aan dat 'Okee, boss'. Met de handen in zijn zakken liep hij van de kamer naar de keuken. Ook daar waren de overgordijnen dicht. Met een geoefend oog voor het detail beschouwde hij de inventaris. Vooral de messen hadden zijn aandacht.
Plotseling hoorde hij een onderdrukte kreet. Met een verschrikt gezicht kwam Vledder uit een van de slaapkamers.
'Wat is er!?'
Vledder slikte iets weg. 'In de slaapkamer,' hijgde hij hees.
'Wat?'
'De kleren van Nanette.'

19

Een nachtblauwe, kamgaren rok en dito jasje, een witbatisten bloesje, een ragfijne onderjurk met kant, een step-in en een minuscuul behaatje; het lag gespreid over het bed. Daarachter, over de leuning van de stoel, hingen een paar nylonkousen en een zwart slipje met *woensdag*. Onder de stoel stond een paar blauw-witte pumps.
De rechercheurs bleven er een poosje naar kijken.
'Heb jij gezien,' fluisterde Vledder, 'Dat op het slipje *woensdag* staat?'
'Ja.'
'Ze verdween toch op donderdag?'
De Cock zuchtte.
'Het heeft niets te betekenen. Ze leefde donderdag nog. Dat staat vast. Buiten de beweringen van Christel van Daele weten we dat nu ook van Ter Wielingen. Hij bezocht haar die donderdag nog in De Drie Rooskens. Overigens, herinner je je nog dat ik je eens over slipjes met dagaanduiding heb gevraagd?'
Vledder knikte. 'Ik dacht er toen heel wat anders van.'
De Cock reageerde niet. Hij boog zich over het bed. Op het blauw van het jasje glinsterden een paar lange, blonde haren. Hij bekeek ze zorgvuldig, maar liet ze onaangeroerd. Daarna liep hij om het bed heen, nam van de leuning van de stoel een van de nylonlousen en ging daarmee naar het raam. Voorzichtig duwde hij het gordijn iets open en bekeek het fijne weefsel van de kous bij het volle daglicht. Vledder kwam naast hem staan. 'Zie je iets?'
De Cock schudde zijn hoofd. 'Geen laddertje. Ook aan de andere kleding heb ik geen enkele beschadiging opgemerkt.'
'En?'
'Het kan twee dingen betekenen: of Nanette heeft zichzelf ontkleed, òf de ontkleder is heel voorzichtig en in alle rust te werk gegaan. Ik weet niet of je wel eens hebt geprobeerd om bij een vrouw . . .' Hij keek Vledder wat verstrooid aan en zuchtte. 'Enfin, laat maar.'
Hij liep van het raam vandaan en hing de kous weer over de

leuning van de stoel. Daarna keek hij peinzend rond.
'Ik mis feitelijk nog een handtasje en een of andere vorm van regenkleding. Vrouwen hebben bijna altijd een handtasje bij zich. En wat die regenkleding betreft; het regende die donderdag praktisch de gehele dag.' Hij streek met zijn hand over zijn grijze haren.
'Het zal hier nog wel ergens zijn, denk ik. Het lijkt mij echter beter dat wij voorlopig niets meer overhoop halen. We zouden alleen maar sporen bederven.'
Hij gebaarde naar Vledder.
'Ga naar beneden en stel je in ons wagentje via de politieradio in verbinding met de wachtcommandant-recherche van het hoofdbureau. Of wacht, gebruik liever een publieke telefooncel. Die radio wordt toch overal afgeluisterd en ik kan hier voorlopig echt nog geen jongens van de pers gebruiken. Zorg in ieder geval dat je middels de wachtcommandant een paar luitjes van het atelier en het lab te pakken krijgt. En vraag om een loodgieter.'
'Een loodgieter?'
'Ja, zo'n man die gereedschap heeft om stankafsluiter, roosters en dergelijke los te maken.'
Vledder keek zijn leermeester verbaasd aan.
'Wat . . . eh, wat wil je dan doen?'
'Wat dacht je?' zei De Cock met een zoet sarcasme. 'De zaak Nanette oplossen. Daar waren we toch mee bezig?'
Hij stak waarschuwend een vinger op.
'En vergeet vooral de dactyloscopische dienst niet. Ik ben erg benieuwd van wie wij hier allemaal vingertjes zullen vinden. Zie je, dit is een interessante flat.'
Het gezicht van de jonge Vledder betrok.
'Luister eens, De Cock,' zei hij wat somber. 'Ik weet dat je verrekte goed bent. Een oude rot in het vak. Okee. Ik ben nog jong en kan nog heel veel van je leren. Okee.'
Zijn toon veranderde en werd bijna dreigend.
'Maar je hebt nu lang genoeg kiekeboe met mij gespeeld. Je vertelt mij nu direct hoe je aan deze flat komt, of ik verzet geen voet meer.'
De Cock wreef langs zijn kin. 'O.'
'Ja!' Het klonk uitdagend.

De Cock maakte een triest, komisch gebaartje. 'Als je het zo stelt . . .' Even nog hield hij het masker strak, toen plooide hij zijn gezicht in een brede, warme glimlach.
'Je hebt gelijk, je hebt volkomen recht op een duidelijke uiteenzetting. Ik heb alleen je fantasie wat willen prikkelen. Dat is alles. Daarom deed ik zo geheimzinnig. Maar geloof me, er is niets geheimzinnigs aan. Het is simpel het volgen van een bepaalde gedachtenlijn. Als je hebt gebeld, zal ik het je uitleggen. Okee?'
'Okee.'
Toen Vledder was vertrokken, scharrelde De Cock opnieuw door de flat. In de hal aan de kapstok vond hij een blauwe nylon regenjas. Boven op de kapstok stond een donker handtasje. Hij nam het tasje mee naar de kamer en doorzocht de inhoud. Er waren de gebruikelijke toiletartikelen, zakdoekje, lippenstift, spiegel, poederdoos. Maar ook een Nederlands paspoort op naam van Nanette de Bougaerde. Verder een zaklantaarntje, een bos sleutels en een klein, plat kartonnen doosje met glazen ampullen, morfine.
Al na een paar minuten was Vledder terug en tikte tegen het raam. De Cock liet hem binnen. 'Hoe is het?'
Vledder zuchtte. 'Het zal wel wat moeite geven, maar de meute komt.'
'Mooi, ik heb hier inmiddels wat bijzonders gevonden.'
Hij liet de nylon regenjas en het handtasje met het paspoort en de ampullen zien. Vledder bekeek het aandachtig.
'Van één ding kunnen we vrijwel overtuigd zijn,' zei hij na een poosje. 'Nanette de Bougaerde is in deze flat geweest.'
De Cock knikte. *'En . . . ze is naakt vertrokken.'*
Vledder fronste zijn wenkbrauwen. Hij ging naast De Cock op de brede bank in de woonkamer zitten en keek zijn oude leermeester van opzij onderzoekend aan.
'Is dit,' vroeg hij, 'een conclusie, alleen opgebouwd uit hetgeen wij hier tot nu toe hebben gevonden, de kleding en zo, of vormt het ook een onderdeel van jouw aanvankelijke gedachtenlijn.'
De Cock glimlachte.
'Beide. Kijk, toen wij de lijkdelen van Nanette de Bougaerde op de stortplaats aan het zijkanaal F vonden, stond ik voor een raadsel. Waarom, zo vroeg ik mij af, die afschuwelijke verminkingen? Waarom was het lichaam in delen ontleed? Ik kon er aanvankelijk

geen plausibele verklaring voor vinden. Het leek eigenlijk zinloos. In de criminele geschiedenis zijn verminkingen na moord zeker geen onbekend verschijnsel. Maar ze hebben doorgaans een redelijk doel. Denk maar eens aan de zaak Kameda, de Japanse koffermoord van een paar jaar geleden. Aan de romp in de aluminiumkoffer ontbraken toen buiten de benen ook nog het hoofd en de handen. Uit alles bleek, dat de dader dit had gedaan met het doel de identiteit van het slachtoffer te verdoezelen. Hoofd en handen vormen bij de mens praktisch de enige herkenningsmogelijkheden. Wij hebben geen brandmerk. Aan een enkele romp, een been, een arm, kan bijna nooit met zekerheid de identiteit van het slachtoffer worden vastgesteld. Het hoofd daarentegen biedt een veelheid aan herkenningsmogelijkheden. Denk maar aan de ogen, de mond, het haar, de stand en de vorm van de neus, het gebit. Ook de handen zijn karakteristiek, vooral door de vingers en de vingerafdruk.'

De Cock zat op zijn praatstoel.

'Buiten het verheimelijken van de identiteit van het slachtoffer,' zo ging hij genoeglijk verder, 'kunnen verminkingen natuurlijk ook worden toegepast eenvoudig om zich van het lijk te ontdoen. Ook daarvan zijn in de geschiedenis van de criminaliteit ettelijke voorbeelden te vinden, ik noem de beruchte Franse vrouwenmoordenaar Landru, die zijn vele slachtoffers vermoedelijk eerst wurgde en daarna verbrandde. Zonder amputaties was dat niet mogelijk. Het kolenfornuisje waarin hij de lichamen verstookte, was maar klein.'

Vledder lachte hartelijk. 'Een prettig heer, die Landru.'

'Inderdaad. Maar ik dwaal af. We hebben hier niet te maken met de zaak Landru, maar met de zaak Nanette. Wat mij bij het vinden van de lijkdelen op de stortplaats zo frappeerde, was het feit dat er niets ontbrak. Hoofd, handen, romp, alles was aanwezig. Het lag ook allemaal heel dicht bij elkaar. De verminkingen hadden dus kennelijk niet het doel gehad de identiteit van het slachtoffer te verdoezelen.

Maar wat was het doel dan wel? Het bleef voor mij een puzzel. Zelfs op het moment waarop de man van de stadsreiniging mij vertelde dat het vuil waarin de stoffelijke resten van Nanette waren gevonden, uit Amsterdam West afkomstig was, begreep ik nog

niet het waarom van de verminkingen. Het bezorgde mij gewoon nog een paar extragrijze haren.'
Hij glimlachte.
'Totdat . . . totdat Amsterdam *West* voor mij plotseling een bijzondere betekenis kreeg. In de wooncomplexen Slotervaart, Slotermeer en Osdorp zijn de laatste jaren grote flatgebouwen verrezen die allemaal zijn voorzien van moderne stortkokers voor huisvuil. Een klep in de keuken en alles wat de bewoner kwijt wil valt door de stortkoker naar beneden en wordt in een ruimte onder in het gebouw opgevangen in grote ijzeren bakken, die later in hun geheel worden leeggestort in de enorme vuilniswagens van de stadsreiniging.'
'Ik begrijp het,' riep Vledder verrast, 'natuurlijk, de stortkokers. De moordenaar liet het lijk door de stortkoker verdwijnen. En dat kon alleen in delen.'
De Cock knikte. 'Inderdaad. Met een zwaar gebouwde vrouw zou het zelfs dan niet mogelijk zijn geweest. Maar Nanette had maar een tenger figuurtje.'
Hij zweeg, zakte weg in gedachten. Het was alsof hij het zag gebeuren, opnieuw, gedetailleerd, in een flitsende flash-back.
Eerst na een paar minuten ging hij verder.
'Er bleef natuurlijk de grote vraag: welk flatgebouw, welke flat, welke stortkoker. Kortom, waar werd Nanette de Bougaerde vermoord?'
Hij trok zijn onderlip omhoog.
'Met deze vraag trok ik vanmorgen met referendaris Slosser naar het bevolkingsregister. Ik ging daarbij uit van het kringetje verdachten met wie wij tot nu hadden kennisgemaakt of van wier bestaan wij op de hoogte waren. Het criterium was een flatgebouw in Amsterdam West.
Het leek aanvankelijk hopeloos.
De naam Laurens – ik had de broeder in verband met zijn anatomische kennis boven aan de lijst gezet – bood geen enkel houvast, vooral omdat wij nog steeds niet weten of Laurens een voor- of een achternaam is. Wel bleek dat Nanette voor zij in De Drie Rooskens ging wonen, nog nooit in Amsterdam was ingeschreven. Ik trok hieruit de conclusie dat ook broeder Laurens vermoedelijk niet in Amsterdam woonachtig was, immers, Nanette

had de broeder in haar hoedanigheid van verpleegster, dus vóór haar Amsterdamse tijd, ontmoet.'
Vledder glunderde. 'Heel goed,' zei hij bewonderend, 'heel goed.'
'Ter Wielingen,' zo ging De Cock onverstoord verder, 'bleek een vliegende vogel. Hij had in Amsterdam op verschillende adressen gewoond, maar nooit in Amsterdam West. Ik was al bang dat wij de hele morgen voor niets in de registers hadden gesnuffeld, toen wij plotseling ontdekten dat de oude Van Stuchteren niet stond ingeschreven op zijn woning aan de Keizersgracht, maar op het adres Moerenburg 123.'
Vledder keek verrast op. 'Deze flat!'
De Cock knikte.
'Ik kon het zelf bijna niet geloven. Vandaar mijn vertoning met de pop. Toen ik het oude ding van de stortplaats opraapte, had ik daar echt geen bedoeling mee. Het was een soort ingeving, een impuls van een oudere, wat melancholiek gestemde man, die ergens een sombere gelijkenis zag tussen de speelpop en het meisje van wie hij zo juist de stoffelijke resten had gevonden. Later realiseerde ik mij dat de pop dicht bij de lijkdelen had gelegen en vermoedelijk gelijk met hetzelfde huisvuil naar de stortplaats was verhuisd.'
'Ik begrijp het. Toen hier beneden het jochie en de vrouw Bibetje hadden herkend, wist jij dat de stoffelijke resten van Nanette uit deze flat waren gekomen,' antwoordde Vledder.
De Cock knikte. 'Zo was het.'
'Dus de oude Van Stuchteren vermoordde Nanette.'
De Cock wreef met zijn hand langs zijn breed gezicht.
'Ik . . . eh, ik denk het niet.'
'Wat?'
'Ik denk niet dat Van Stuchteren Nanette vermoordde.'
Vledder keek zijn oude leermeester vertwijfeld aan.
'Maar dit is zijn flat. Bij het bevolkingsregister staat hij op dit adres ingeschreven.'
'Ingeschreven, ja, maar dat betekent niet dat hij er ook woonde. De oude Van Stuchteren is een man van een verfijnde smaak. Ik heb dat gisteravond toen ik bij hem op bezoek was kunnen constateren. Hij houdt van huiselijkheid, sfeer, intimiteit. Hij omringt zich met mooie dingen, schilderijen, fraai en gerieflijk meu-

bilair. En kijk nu eens om je heen: een kale flat, zonder sfeer, smakeloos gestoffeerd. Geen klimaat voor de oude Van Stuchteren. Hij zou hier . . .'
Ineens hield De Cock op.
'Wat is er?' fluisterde Vledder.
'Luister, er is iemand aan de deur.'
'De Meute?'
'Dat kan nog niet. Zo gauw . . .'
Ze kwamen overeind en slopen omzichtig naar de deur van de hal. Duidelijk hoorden ze nu hoe de deur van de flat werd geopend. Een seconde later stonden ze oog in oog met een man. Het was de schuld van Vledder, die de deur van de hal te vroeg opendeed.
Toen de man de rechercheurs zag, reageerde hij onmiddellijk. In een flitsende beweging was hij gedraaid en vluchtte de flat uit.
'De baard,' schreeuwde De Cock, 'de baard uit De Roode Leeuw. Grijp hem.'
Vledder startte.

20

De man met de baard rende langs de gaanderij. Zijn lange benen in een slobberige broek bewogen in een snelle cadans. Het witgele jack dat hij droeg, hing los, klapperde als vleugels. Hij keek niet om.

Vledder volgde, wild, verbeten. Hij was woedend op zichzelf, omdat hij in de hal van de flat te snel had gereageerd. Hij was te agressief geweest, te begerig, waardoor de man nog net had kunnen ontkomen. Vloekend rende hij verder.

De plotselinge inspanning deed hem zwaar hijgen. Hij voelde zijn hart. Het bonsde in zijn borst als een stoomhamer, klopte in zijn keel. De man met de baard wapperde voor hem uit. De afstand werd steeds groter.

Aan het einde van de gaanderij schoot de vluchtende man de ruimte van de liften binnen. In een flits realiseerde hij zich, dat het een dwaasheid was nu op een lift te wachten. Hij vloog naast de schacht de trap af.

Maar op het moment waarop hij langs de liftdeuren van de derde verdieping glipte, ging er een open. Een paar vrouwen en kinderen stapten uit. Onbewust van het gebaar.

Zij vormden voor de man met de baard een plotseling obstakel. Ze waren te dichtbij. Hij kon er niet meer omheen. Zijn snelheid was te groot.

Pal voor hem was een meisje, drie turven hoog, met een pop op de arm. In een wanhopige poging om het kind te ontwijken sprong hij. Het was een wilde sprong, zonder controle. Zijn lichaam raakte uit balans. Zijn linkervoet schoof weg, vond geen houvast meer, en met een wilde smak plofte hij tegen de stenen vloer.

Versuft bleef hij liggen. Half verdoofd. Ergens ver weg hoorde hij vrouwen en kinderen angstig gillen. Het was een vreemd, trillend geluid van mensen in paniek. Hij deed zijn ogen open om te kijken waar het vandaan kwam. Hij kon niet zien. Het beeld was in de verte te wazig. Dichterbij ging het beter. Niet ver van zijn hoofd lag een pop. Hij kon de contouren ervan goed onderscheiden. Het was een oude plastic pop met een starre, wezenloze glimlach. Het boeide hem ongemeen. Hij wist niet hoe het kwam. Hij moest naar die starre glimlach kijken. En hij bleef kijken tot het bewustzijn uit hem wegzakte.

'Wat zeiden ze in het ziekenhuis?'
Vledder zuchtte.
'Hij heeft een shock. Voorlopig mag hij nog niet worden verhoord.'
'Ernstig?'
'Nee, de dokter meende dat hij met een paar dagen wel zou zijn opgeknapt. Het valt achteraf nogal mee.'
'En het meisje?'
'Niets, een paar schaafwondjes aan armen en benen. Ze is al weer met haar moeder mee naar huis.'
De Cock zuchtte diep. 'Daar ben ik blij om.'
Vledder beet op zijn onderlip.
'Ik ook, geloof me. Ik voel mij namelijk een beetje schuldig aan die valpartij. Ik had die Pierre Popko nooit de kans mogen geven om te vluchten. Als ik hem gewoon kalm naar binnen had laten gaan, was er niets gebeurd. Die vent was ook zo rap.'
De Cock grijnsde. 'Je hebt in het ziekenhuis toch hopelijk wel voor een goede bewaking gezorgd?'
'Wat dacht je? Ik heb de commissaris zo ver gekregen dat hij mij twee agenten toestond. Eén zit op een stoel naast zijn bed. De andere bewaakt de gang.'
'En de ramen?'
Vledder schudde zijn hoofd.
'Geen gevaar. De ramen zien uit op een binnenplaats. Vandaar kom je beslist niet verder.'
De Cock stond van zijn stoel op.
'Mooi,' zei hij. 'Twee agenten lijken mij dan wel voldoende. Zie je, ik was onze vriend niet graag weer kwijt.'
'Dat begrijp ik. Je hebt hard genoeg gewerkt om hem te krijgen. Heb je al iets gehoord van de luitjes van het technische werk?'
De Cock knikte traag.
'Ik heb, net voordat jij van het ziekenhuis terugkwam, drs. Beskes van het laboratorium aan de telefoon gehad. Hij vertelde dat hij in de flat, aan de wanden van de stortkoker en in het afvoerrooster

van de douche enige blonde haren en duidelijke sporen van menselijk weefsel had gevonden. Een overtuigend bewijs voor mijn theorie dat Nanette daar in die flat is vermoord en verminkt.'
Vledder knikte. 'En vingerafdrukken?'
'Er zijn in de flat vingerafdrukken gevonden, heel veel zelfs. In de keuken, in de douche, praktisch overal. Maar men kan er nog niets van zeggen. Ze zullen nog vergeleken moeten worden.'
'Wat denk je?'
'Het zal wel kloppen.'
Vledder keek hem onderzoekend aan.
'Je bedoelt dat de vingerafdrukken afkomstig zijn van Pierre Popko en Nanette de Bougaerde?'
'Inderdaad.'
Vledder schudde zijn hoofd en zuchtte.
'Ik moet eerlijk zeggen, ik begrijp er nog niet veel van. Hoe kwamen bijvoorbeeld die twee in de flat van de oude Van Stucheren en waarom die moord? Welk motief had die schilder om Nanette naar het leven te staan? Ik zie het niet. Echt, ik zie het niet.'
Met de handen diep in de zakken van zijn broek begon De Cock door de recherchekamer te stappen. Traag schoven zijn voeten over het zeil. Ondanks zijn succes voelde hij zich triest en somber.
Bij het raam bleef hij staan. De regen hing als een mistige sluier over de glimmende daken van de oude Warmoesstraat.
'Hondeweer,' mompelde hij, 'vuil vies hondeweer.'
Ineens dacht hij weer aan zijn oude moeder en haar haast bijgelovige angst voor die paar dagen in juli. Vertederd door de herinnering glimlachte hij zachtjes voor zich uit. Hij zag het hem zo vertrouwde gezicht weer voor zich; twee felle ogen in een gezicht vol lieve rimpeltjes. 'Wees voorzichtig met de hondsdagen, mijn jongen,' hoorde hij haar zeggen, 'ze zijn verraderlijk, verraderlijk, verra . . .' Haar stem bleef, resoneerde tegen zijn schedeldak als een echo.
Even nog bleef hij besluiteloos staan. Toen draaide hij zich om, greep in het voorbijgaan jas en hoed van de kapstok en waggelde naar de deur. 'Kom, we gaan naar het ziekenhuis. Ik wil het verhaal van de schilder, nu, vandaag.'

Vledder keek hem niet-begrijpend aan. 'Maar,' riep hij, 'de dokter . . .' De Cock luisterde niet. Onverstoorbaar liep hij verder de lange gang in. Vledder volgde, hoofdschuddend, zijn regenjas in een knoedel over zijn schouder.

De Cock kon er niet goed tegen. Die typische ziekenhuisgeur van lysol en carbol benauwde hem. Wanneer hij er beroepshalve moest zijn, maakte hij zijn bezoeken altijd zo kort mogelijk.
Hij stootte Vledder aan. 'Waar ligt ie?'
'Boven op de eerste etage.'
Ze gingen de trap op. Een paar jonge verpleegsters in krakend wit huppelden hen dartel voorbij. Vledder toonde zijn knapste gezicht en stralendste glimlach. De Cock vermoeide zich niet.
Op de gang van de eerste etage troffen ze een jonge agent. Hij stond voor een gesloten deur, wijdbeens.
De Cock grijnsde hem vriendelijk toe. 'Ik ben rechercheur De Cock.'
De agent lachte. 'Met ceeooceekaa. Ik ken u wel.'
'Mooi. Waar is je collega?'
'Binnen, om die vent z'n handje vast te houden.'
'Prachtig,' zei de rechercheur grinnikend, 'roep hem maar. Vledder en ik nemen de bewaking een half uurtje over. Scharrel maar wat rond. Er zal wel ergens een keuken zijn met koffie en verpleegsters.'
De jonge agent maakte een grimas. 'Een half uurtje?'
'Ja, zo ongeveer. En maak je onderwijl geen zorgen. Wij gaan hier beslist niet weg voordat jullie terug zijn.'
De jonge agent knikte. Hij deed de deur van het ziekenkamertje open en wenkte zijn collega, een grote, zware kerel, die wat verveeld op een stoel naast het bed zat.
'Kom, liefdezuster,' spotte hij, 'de rechercheurs nemen het even over.'
Collega liefdezuster kwam blij overeind. Een kleine onderbreking was hem welkom. Het straalde van zijn gezicht.
Toen de agenten waren verdwenen, liepen Vledder en De Cock naar het bed. Aan het voeteneinde bleven zij staan en keken naar de man die hen in de flat zo had verrast. Een hernieuwde confrontatie.

Pierre Popko lag er wat witjes bij, op zijn rug, verbandgaas als een tulband om het hoofd. Hij bekeek zijn bezoekers rustig. De blauwe ogen stonden helder.
De Cock nam zijn oude, vilten hoedje van zijn hoofd en hield het onhandig, haast verlegen voor zijn borst. Het was een stuntelig gebaar, alsof hij niet precies wist waar hij zijn hoed moest laten.
Vledder keek hem van opzij aan. Op zulke momenten ergerde hij zich aan De Cock. Dat stuntelige, gewild schuchtere gedoe van zijn leermeester stond hem tegen. Het was van De Cock een pose, zo wist hij, om zijn tegenstanders te ontwapenen. Het was alleen zo duidelijk, zo doorzichtig, dat Vledder niet begreep dat de mensen er zich steeds weer door lieten misleiden.
'Hoe maakt u het?' hoorde hij hem zeggen. Het klonk bezorgd.
Pierre Popko schonk De Cock een matte glimlach.
'Het gaat wel, ja, het gaat wel.' Hij tastte aarzelend naar de witte tulband. 'Mijn hoofd is nog gevoelig.'
De Cock schoof de stoel naast het bed wat dichter naar het hoofdeinde en ging zitten. 'U hebt ook een flinke smak gemaakt.'
De schilder grinnikte zo'n beetje.
'Ja,' zei hij grijnzend, 'dat mag u best zeggen. Hoe . . . eh, hoe is het met het kind?'
'Best, slechts een paar schrammetjes. Het is alweer thuis.'
'Ik wilde haar nog ontwijken.' De hand op het witte laken maakte een gebaar. 'Het ging niet meer. Ik kwam van de trap. Ik had te veel vaart.'
Er viel een kleine pauze.
Vledder liep van het voeteneinde van het bed vandaan. Hij schuifelde op zijn tenen naar het raam en ging daar op een wit houten stoeltje zitten, afwachtend, een notitieboekje op de knie. Hij wist dat dit slechts een aanloop was. De Cock zou het gesprek straks beslist in de richting van de moord voeren. Hij kende zijn leermeester. Het was zijn tactiek om kalm, bijna ongemerkt tot het onderwerp te komen. De schilder draaide met zijn hoofd, voorzichtig, omdat het pijn deed.
'U bent rechercheur De Cock. Is het niet?'
De Cock knikte. 'U kent mij?'
Pierre Popko aarzelde even. 'Christel heeft mij van u verteld.'
'U kent Christel?'

De schilder glimlachte. 'Christel is een oude vriendin.'
'Oude vriendin?'
'Als vriendin, ja. Ik kende haar al voor zij in de Gravenstraat De Drie Rooskens begon. Ik heb haar een paar jaar geleden door haar broer leren kennen.'
'Floor de Bougaerde?'
'Inderdaad, zo noemt hij zich. Hij heeft om een of andere reden als schrijver de naam van zijn moeder aangenomen. Hij heet eigenlijk Floris van Daele. Floor had een paar interessante boeken geschreven. Werk dat mij wel aansprak. Op een avond werd ik in een of andere soos aan hem voorgesteld. Het was het begin van een kortstondige vriendschap.'
'Wat is er van hem geworden?'
Pierre Popko maakte een lichte schouderbeweging.
'Dat weet ik niet. Zoals ik al zei, onze vriendschap heeft niet zo lang geduurd. Hij kreeg contact met mensen die mij niet aanstonden. Dat gaf op den duur een verwijdering. Ik heb later wel eens gehoord dat hij verslaafd was aan verdovende middelen. Ik weet niet of het waar is. Ik heb hem eenvoudig uit het oog verloren.'
De Cock knikte. 'Maar uw . . . eh, vriendschap met Christel bleef?'
Pierre Popko toonde voor het eerst iets van onrust, onbehagen. Zijn benen bewogen onder het dek.
'Wel?' drong De Cock aan.
'Mijn . . . eh, mijn vriendschap met Christel bleef.'
Zijn stem had ineens een scherpere klank.
De rechercheur boog zich naar hem toe. 'En toen Nanette verscheen . . .?'
Hij had de vraag zo achteloos mogelijk gesteld. Gespannen lette hij op de reactie.
Over het gezicht van de schilder vloog een lichte blos.
'Dat . . . dat was wat anders. Dat had niets te maken met Christel en mij. Ik bedoel, dat viel buiten onze vriendschap. Christel begreep dat.'
De Cock schudde zijn hoofd. 'Ik niet.'
'Wat?'
'Ik begrijp het niet.'
Pierre Popko zuchtte. 'Nanette, Nanette was een verdoving. U

mag het achteraf ook een bevlieging noemen, waanzin.' Hij spreidde beide armen in een theatraal gebaar. 'Ze hield van mij, zei ze, alleen van mij.'
Hij schudde zijn hoofd en kneep zijn ogen stijf dicht. Zijn hele lichaam begon te beven. Boven de baard trilden de lippen. Zijn handen verkreukelden het laken.
'De adder,' siste hij, 'de adder. Geloof me, ik ben door een hel gegaan, de laatste dagen, door een hel.' Hij zuchtte diep. Het klonk als een snik. 'Maar ik ben gelouterd, gelouterd . . .'
De Cock drukte de rug van zijn hand tegen het hete gezicht. Hij was bang voor een nieuwe shock. Uiteindelijk was dit verhoor door de behandelende arts verboden. Hij had geen toestemming. En als er iets gebeurde . . .
'Laten we er samen eens kalm over praten,' zei hij zacht sussend, 'in alle rust, als verstandige mensen. Het zal u goeddoen, geloof me. Het lucht op. U . . . eh, u wilt er toch wel over praten?'
Pierre Popko knikte nauwelijks merkbaar.
De Cock nam het laken en veegde daarmee voorzichtig langs de scherpe neus, de ooghoeken en de wangen. Het gezicht van de schilder was nat van zweet. Het parelde in zijn baard.
'Toen u uw oude vriendin Christel eens in De Drie Rooskens bezocht, zag u daar Nanette?'
'Ja.'
'Het was de eerste keer dat u haar ontmoette?'
'Ja.'
'En u vond haar aantrekkelijk?'
'Ja.'
'Verliefd?'
'Niet direct.'
De Cock pauzeerde even. Hij glimlachte de schilder bemoedigend toe. Pierre Popko was iets rustiger geworden. De vriendelijke, zacht dwingende stem van De Cock had hem gekalmeerd. Het beven was opgehouden.
'Hoe is het toen verder gegaan?'
'Nanette was heel anders dan Christel. Veel uitbundiger, frivoler. Toen ze hoorde dat ik schilderde, drong ze zich aan mij op, hardnekkig, schaamteloos. Ze wilde op mijn atelier komen en bood zich aan als model.'

Hij grinnikte zachtjes voor zich uit.
'Ik heb eerst geweigerd. Echt, ik wilde niet. Ziet u, ik was feitelijk bang van haar. Ze bracht mij in de war. Als ze bij mij was, voelde ik mij onzeker, onrustig. Dan was het net alsof ik er niet meer was, alsof mijn eigen 'ik', mijn eigen persoonlijkheid had opgehouden te bestaan. Begrijpt u? Ik was dan mijzelf niet meer. Ik was gewoon een willoos schepsel.'
Hij zweeg even.
'Op een avond zei ze dat ze van mij hield.'
Hij hield zijn beide handen voor zijn gezicht.
'Vanaf dat moment is alles verkeerd gegaan.'
'Hoezo?'
Pierre Popko likte aan zijn droge lippen.
'Ze zei dat ze een groot man van mij zou maken. Beroemd zou ik worden. Schilderen, zei ze, was niet alleen een kwestie van begaafdheid, kunst, talent, maar veel meer een zaak van publiciteit. Het deed er niet veel toe wat je schilderde, als de mensen er maar van spraken. Ze zei dat ze een journalist kende die ze wel zover zou kunnen krijgen, dat hij een paar artikelen over mij schreef.
Het klonk mooi. U moet bedenken, ik had met mijn schilderijen nooit veel succes gehad. Ik leefde wat armoedig in een oude schuur op het Prinseneiland. Ik noemde het mijn atelier, maar het was niet veel meer dan een hok waar 's nachts de ratten feest hielden. Toen ik lang geleden Van Stuchteren eens liet zien hoe ze aan mijn verf hadden gevreten, gaf hij mij de sleutel van zijn flat in Moerenburg. Ik mocht de flat zo lang als slaapplaats gebruiken.'
Hij wreef met de rug van zijn hand langs zijn lippen.
'Ik kwam er ook met Nanette. Als zij bij mij was, verkeerde ik in een soort roes. Ik zweefde, alsof ik aan elke voet een wolk had.'
De rechercheur knikte begrijpend.
'Hoe kwam Nanette in contact met Van Stuchteren?'
'Door mij. Ik had haar van Van Stuchteren verteld, dat de flat van hem was, dat hij een rijk man was met een fantastische verzameling schilderijen, en dat ik wel eens opdrachten van hem kreeg.
Ze drong er bij mij op aan dat ik haar aan hem zou voorstellen. Zij wilde wel eens kennis met hem maken. Ze zou er dan op haar manier wel voor zorgen dat Van Stuchteren mij belangrijk werk

Hij knikte traag.
'Er was langzaam een vreemde rust over mij gekomen. Een kalme gelatenheid. Ik herinner mij niet in mijn leven ooit zo rustig te zijn geweest. Ik heb haar heel voorzichtig de kleren uitgetrokken en naar de douchecel gedragen.'
'Is het daar gebeurd?'
Hij zuchtte diep. 'Ja, daar is het gebeurd.'
De Cock liet zich tegen de leuning van de stoel terugvallen. Hij voelde zich loom, vermoeid. Het verhoor van de schilder had hem afgemat.
In zijn gedachten liet hij het gesprek nog eens de revue passeren. Elk woord, elke intonatie en expressie, elk detail. Hij ging na of hij alles had, voor later, voor de bewijsvoering en voor al de vragen van de rechters, de officier van justitie, de verdediger.
Hij keek op zijn horloge. Het halve uur was al lang verstreken. De agenten waren nog niet terug. Hij vroeg zich af waar ze bleven.
Ineens schoot hem iets te binnen, een vraag die hij had vergeten te stellen. Hij keek de schilder aan. 'Wat was de directe aanleiding? Ik bedoel, wat dreef je ertoe haar uiteindelijk te vermoorden?'
Pierre Popko sperde zijn ogen wijd open. Zijn gezicht kreeg een uitdrukking van opperste verbazing. 'Vermoorden . . .?'
'Ja.'
'Ik . . . eh, ik heb haar niet vermoord.'
'Wat?'
'Ik heb haar niet vermoord. Nanette was al dood toen ik haar vond.'
De Cock slikte van verbijstering. Nog nooit in zijn lange loopbaan als rechercheur had een antwoord hem zo geschokt. Het was alsof ineens alles om hem heen begon te draaien. Of de grond onder zijn stoel wegzakte. Hij kneep zijn ogen dicht om die tollende wereld stil te zetten. Verderop, bij het raam, hoorde hij hoe Vledder op zijn stoel bewoog.
De deur van het ziekenkamertje zwaaide open. In de deuropening stonden de beide agenten.
'Sorry,' zei de jongste, 'het heeft wat langer geduurd. Toen we eindelijk de keuken hadden gevonden, moest de koffie nog worden gezet.'
De Cock kwam wat wankel overeind. 'Het is al goed,' zei hij loom.

Hij nam zijn oude, vilten hoed van het bed, mompelde een afscheid en waggelde de gang op.
Vanuit de deuropening keek Vledder hem somber na. Hij had het gevoel dat hij zijn oude leermeester nu niet moest volgen, dat hij hem moest laten gaan, alleen, op zijn missie.

Met een haast tot touw verknoedelde ceintuur om zijn middel, de handen diep in de zakken van zijn oude regenjas, slenterde De Cock vanuit het ziekenhuis over de smalle Grimburgwal. Om zijn mond lag een norse trek. Zo nu en dan veegde hij met zijn zakdoek de regen uit zijn gezicht. Het vertraagde zijn tred niet. In zijn typische, wat waggelende gang liep hij voort, over het Rokin naar de Dam. Er waren momenten waarop hij een hekel had aan zijn beroep, waarop hij geen rechercheur wilde zijn, waarop hij gerechtigheid haatte. Zo'n moment was nu.
Hij stak de Dam over en liep via de Nieuwendijk naar de oude Gravenstraat. Bij De Drie Rooskens bleef hij staan en keek omhoog naar het smeedijzeren uithangbord voven de deur. Er was een wapen op geschilderd. Het was voor het eerst dat hij het zag: *drie rode rozen op een blank veld.*
Hij bleef ernaar kijken en overwoog onderwijl om verder te gaan, gewoon door te lopen. Tegelijk wist hij dat het geen zin had.
Hij legde zijn vinger op de bel en drukte.

21

Vledder had de uitnodiging van zijn leermeester niet vergeten. Een week later was hij op zondag met zijn Celine gekomen en mevrouw De Cock had er zoals beloofd een feestdag van gemaakt. Tegen de avond zaten ze gezellig in de huiskamer bijeen.
Celine bleek een schat van een jonge vrouw. De Cock kon de keuze van zijn leerling wel waarderen. Ze was aanvankelijk nog wat terughoudend, maar nam tenslotte opgewekt aan de conversatie deel.
Toen het gesprek even stokte, zei ze: 'Dus Christel van Daele doodde Nanette.'
De Cock keek wat verstrooid op. 'Hoe kom je daar zo ineens aan?'
Ze lachte wat schuchter.
'Ik heb al die tijd sterk meegeleefd. Wanneer we samen waren, heb ik Dick helpen denken. Nietwaar, Dick?'
Vledder grijnsde zo'n beetje. 'Ja,' slikte hij, 'Ze hielp denken.'
'Wel wat was het resultaat?'
Ze glimlachte. 'Ik was niet zo gauw op Christel gekomen. Eigenlijk was zij degene die ik het minst verdacht.'
De rechercheur schoof zijn onderlip vooruit.
'Heeft Dick je alles verteld? Bijvoorbeeld: hoe we broeder Laurens op de begrafenis van Nanette bij verrassing arresteerden, hoe . . .'
'Ja, ja,' zei Celine onderbrkend, 'dat weet ik al. Maar Christel, dat hebt u alleen behandeld.'
De Cock zuchtte. 'Christel, ja, Christel.'
Hij zocht wat respijt om zijn gedachten te ordenen.
'Toen Pierre Popko,' zo begon hij wat aarzelend, 'mij in het ziekenhuis vertelde dat hij Nanette niet vermoordde, maar dat hij haar al levenloos had aangetroffen, begreep ik plotseling de ware toedracht. Christel van Daele was verantwoordelijk voor de dood van Nanette. Dat de experts later ook de vingerafdrukken van Christel in de flat aantroffen, was slechts een bevestiging.
Christel was van het bestaan van de flat in Moerenburg op de

hoogte. Al lang. Lang voordat Nanette de idylle kwam verstoren, was de flat al de plaats waar zij en de schilder elkaar troffen. Zij bezat ook, net als Nanette, een sleutel van de flat. Pierre Popko was die bewuste donderdagmiddag na het vertrek van Nanette nog even langs De Drie Rooskens gekomen om te zeggen dat hij wat later naar de flat kwam dan gewoonlijk. Hij had in zijn atelier werk onderhanden dat hij per se wilde afmaken. Hij vroeg Christel dit aan Nanette te zeggen. Christel beloofde het. Ze verzweeg dat Nanette al weg was. Het leek haar ineens een unieke gelegenheid. Ze is die donderdagavond gewoon met haar sleutel de flat binnengegaan en heeft Nanette na een korte woordenwisseling gewurgd. Christel had sterke handen. Ze had jarenlang intensief de tennissport beoefend.'

Celine gebaarde ongeduldig. 'Maar waarom?'

De Cock zuchtte opnieuw.

'Zie je, ondanks de moord voel ik in mijn hart een diepe sympathie voor Christel van Daele. En dit niet alleen omdat zij een bijzonder mooie vrouw is. Christel hield van Pierre Popko. Al heel lang. Toen Nanette verscheen, stond ze haar geliefde af. Ze deed het met een bloedend hart. Het bezorgde haar veel verdriet. Ze kon niet tegen Nanette op. Nanette had een haast magische invloed op mannen. Christel hoopte alleen dat de roes voorbij zou gaan en Pierre Popko bij haar zou terugkeren. Ze bleef met de schilder bevriend.

Toen Nanette het voornemen koesterde om met Van Stuchteren te trouwen, was Pierre Popko totaal van streek. Hij nam Christel in vertrouwen en vertelde van Nanettes plannen. Christel was woest. Dit druiste zo sterk in tegen haar eigen gevoel van moraal, dat ze Nanette ter verantwoording riep.'

Hij zweeg even. 'Toen dreigde Nanette.'

Celine keek De Cock met grote ogen aan.

'Dreigde Nanette?'

'Ja, Nanette dreigde. Het werd haar doodvonnis. Ze zei dat als Christel haar plannen ook maar een strobreed in de weg zou staan, zij van de schilder Pierre Popko net zo'n menselijk wrak zou maken als van Floor de Bougaerde.'

Celine hijgde. 'Morfine.'

'Ja, morfine.'

De ogen van Celinge begonnen te flikkeren. 'Wat een slang!'
Over haar wangen vloog een blos van verontwaardiging.
De Cock glimlachte wat triest.
'Een slang in de gedaante van een engel.'

De volgende boeken van Baantjer zijn bij de Fontein verschenen:

1 1963 De Cock en een strop voor Bobby
2 1965 De Cock en de wurger op zondag
3 1965 De Cock en het lijk in de kerstnacht
4 1967 De Cock en de moord op Anna Bentveld
5 1967 De Cock en het sombere naakt
6 1968 De Cock en de dode harlekijn
7 1969 De Cock en de treurende kater
8 1970 De Cock en de ontgoochelde dode
9 1971 De Cock en de zorgvuldige moordenaar
10 1972 De Cock en de romance in moord
11 1972 De Cock en de stervende wandelaar
12 1973 De Cock en het lijk aan de kerkmuur
13 1974 De Cock en de dansende dood
14 1978 De Cock en de naakte juffer
15 1979 De Cock en de broeders van de zachte dood
16 1980 De Cock en het dodelijk akkoord
17 1981 De Cock en de moord in seance
18 1982 De Cock en de moord in extase
19 1982 De Cock en de smekende dood
20 1983 De Cock en de ganzen van de dood
21 1983 De Cock en de moord op melodie
22 1984 De Cock en de dood van een clown
23 1984 De Cock en een variant op moord
24 1985 De Cock en moord op termijn
25 1985 De Cock en moord op de Bloedberg
26 1986 De Cock en de dode minnaars
27 1987 De Cock en het masker van de dood
28 1987 De Cock en het lijk op retour
29 1988 De Cock en moord in brons
30 1988 De Cock en een dodelijke dreiging
31 1989 De Cock en moord eerste klasse
32 1989 De Cock en de bloedwraak
33 1990 De Cock en moord à la carte
34 1990 De Cock en moord in beeld
35 1991 De Cock en danse macabre
36 1992 De Cock en een duivels komplot
37 1991 De Cock en de ontluisterende dood
38 1992 De Cock en het duel in de nacht
39 1993 De Cock en de dood van een profeet
40 1993 De Cock en kogels voor een bruid
41 1994 De Cock en de dode meesters
42 1994 De Cock en de sluimerende dood
43 1995 De Cock en 't wassend kwaad
44 1995 De Cock en het roodzijden nachthemd
45 1996 De Cock en moord bij maanlicht
46 1996 De Cock en de geur van rottend hout
47 1997 De Cock en een dodelijk rendez-vous
48 1997 De Cock en tranen aan de Leie
49 1998 De Cock en het lijk op drift
50 1998 De Cock en de onsterfelijke dood
51 1999 De Cock en de dood in antiek
52 1999 De Cock en een deal met de duivel
53 2000 De Cock en dood door hamerslag
54 2000 De Cock en de dwaze maagden
55 2001 De Cock en de dode tempeliers
56 2001 De Cock en de blijde Bachus
57 2002 De Cock en de moord op bestelling

Andere titels van Baantjer:
Rechercheur Versteegh en de dertien katten
Misdaad in het verleden
Een Amsterdamse rechercheur
Rechercheur Baantjer van Bureau Warmoesstraat vertelt, deel 1 t/m 10

Verkrijgbaar bij de boekhandel